나와 우리를 바꾸는
습관의 시크릿

나와 우리를 바꾸는 습관의 시크릿
— 마법의 삶, 기적의 치유 21(하)

초판 1쇄 인쇄 2018년 4월 5일
초판 1쇄 발행 2018년 4월 13일
–
지은이 박금출
그린이 박세린
펴낸이 이방원
편 집 김명희·이윤석·안효희·강윤경·윤원진·홍순용
디자인 전계숙·손경화
마케팅 최성수
–
펴낸곳 세창미디어
출판신고 2013년 1월 4일 제312-2013-000002호
주소 03735 서울시 서대문구 경기대로 88 냉천빌딩 4층
전화 02-723-8660   **팩스** 02-720-4579
이메일 edit@sechangpub.co.kr   **홈페이지** http://www.sechangpub.co.kr
–
ISBN 978-89-5586-517-2 04800
        978-89-5586-515-8 (세트)

이 도서의 국립중앙도서관 출판시도서목록(CIP)은 서지정보유통지원시스템 홈페이지(http://seoji.nl.go.kr)와
국가자료공동목록시스템(http://www.nl.go.kr/kolisnet)에서 이용하실 수 있습니다.(CIP제어번호: CIP2018010715)

나와 우리를 바꾸는
습관의 시크릿

글 박금출 | 그림 박세린

마법의 삶, 기적의 치유 21(하)

세창미디어
MEDIA

세상의 아들 · 딸들아!
아빠보다, 즐겁고 멋진 인생을 살아 다오!

세상의 아들 · 딸들아! 21세기는 위기와 기회의 경쟁시대이다. 그리고 4차, 5차 산업혁명시대에는 고용의 위기와 함께 건강과 행복의 위기도 시작될 것이다. 21세기는 플러스와 마이너스가 동시에 다가서는 시대적 특징이 존재한다. 위기를 극복하고 경쟁에 미리 대비해서, 글로벌 기회를 잡는다면, 즐겁고 멋진 삶을 살아가게 될 것이다. 개인이나 국가 모두에게 2020~2100년까지의 기간은 4차, 5차 산업혁명이 가져올 여러 변화에 대하여 미리 준비하고 실력을 갖추어야 하는 중요하고 특별한 기간이다. 개인이나 국가의 재편이 진행되고 백 년 후면 고정되어 갈 것이다.

지금은 소리 없는 전쟁의 시대이다. 개인이나 국가 모두에게 건강과 행복 그리고 성공과의, 치열한 '21세기 생존과 번영 게임'

이 시작되고 있다. 이 소리 없이 진행되는 치열한 게임에서 승리하려면, 첫째 자신과의 승부에서 이겨 내야 한다. 자신의 태어난 잠재력을 최대로 발휘하기 위한 첫 관문이다. 두 번째는 앞서거나 다른 최상위 집단에의 진입을 위한 명품화의 관문이다. 이것은 자신 안에 잠든 영웅적 자질을 깨우는 훌륭한 일이다. 어떤 불확실한 미래가 다가오더라도, 이 두 가지 거듭나기 관문을 넘어선다면, 상위 20% 안전선 돌파와 최상위 5%그룹 달성에 필요한 준비와 자격을 갖추게 될 것이다. 이 책의 21가지 '21세기의 플러스 공식과 비법'이 도움이 될 수 있기를 바란다. "사랑하는 아들·딸들아! 아빠보다, 즐겁고 멋진 삶을 살아 다오!"

나는 어린 시절 고사리 손으로, 부모님이 자녀를 키우기 위해 세상에 지은 빚을 대신 갚아 드리기 위해, 세상을 밝고 선하고 아름답게 하는 일을 하겠다고, 약속의 기도를 드렸었다. 대학 1학년(22세) 목련꽃과 벚꽃이 휘날리던 날 교정에서 총장님의 훈화를 들으면서 '청소년들의 21세기 멘토'의 꿈을 세웠다. 그리고 치과의사가 되어 연구를 시작한 지 20년이 지난 어느 날(1999), 병들고 가난한 사람들을 위한 비용이 들지 않는 건강법을 발견했다. 그리고 또 20년이 지나(2018), 이 시대의 청소년들과 백 년 후의 후손들이 건강과 행복의 위기로부터 벗어나는 데 도움을 주고 싶어 연구한, 남녀노소 누구나 언제든 마음만 먹으면 안전선을 통과할 수 있는 '21세기 플러스 공식과 비법'에 착안하였다. 그리고 안전선 통과를 돕기 위해 치과라는 직업인으로서 의무와 봉사의 의미로 '오계절 예방 치과 진료'를 만들고 있다.

한 가지 욕심의 기도를 더하자면, 이 책들('마법의 삶, 기적의 치유 21' 시리즈 I - II상·하-III)과 청소년 수련원으로 나의 조국 대한민국이, 백 년 후 건강과 행복의 위기시대의 '21, 22세기 생존과 번영 게임'에서, 안전선 20%를 세계에서 가장 많이 통과하는 나라가 되는 것이다. 그러려면 자신과의 승부에 앞서거나 다른 플러스 5%를 통과한 청소년과 학생 그리고 명품 리더와 멘토들이 앞장서, '함께하는 우리'를 만들어 가야 할 것이다. 그리고 세상의 아들·딸들이 함께 손에 손 잡고, 머지않아 다가올 인류의 건강과 행복의 위기를 극복하는, 새로운 한류의 주역들이 되어 주기 바란다.

만일 이 책들의 수익금이 발생한다면 일부는, '이웃 사랑과 효 실천'의 '치아모 운동'과 '감사, 웃음, 칭찬, 미소, 친절'을 이웃과 세상에 전파하는 '덕분애'의 '새마음 운동'과 분야별 영웅과 전설을 탄생시키고 시상하는 '오계절 운동'에 사용할 예정이다. 그리고 나머지는 조상과 나라를 빛내고 이 땅에 태어난 사명을 다하기 위해, 청소년 수련원과 21세기 힐링과 명상센터 건립의 마지막 꿈을 이루고 싶다.

이 글을 통해서 그동안 책 쓰느라 많은 시간 함께하지 못한 사랑하는 아내 황우미에게 미안하고 감사한 마음을 함께 전하며, 이번에 '21세기 웰빙과 힐링'의 의미를 지닌 훌륭한 작품을 제공해 이 책의 가치를 높여 준 사랑하는 딸 박세린 아티스트에게 감사와 박수를 보낸다. 또한 학창시절이나 군인시절 휴가나 면회 때에 나의 강의를 열심히 듣고 조언을 아끼지 않은, 중국 상해에서 치과의사의 꿈을 펼칠 아들 박진형에게도 감사와 박수를 보낸다. 그리고 바쁘다는 이유로 제대로 챙기지 못한 친구나 이웃 등 주변 모든 분들께도 미안하고 감사한 마음을 함께 전한다.

2018년 4월

사랑배달부 박금출

차 례

제 6 단원 **실천력, 학습법과 자가진단법**

21세기에는 학습과 배움 등을 통해 자신의 가치를 높여 나가야 한다. 자신의 가치는 좋은 습관과 인품 그리고 그 시대의 성공의 플러스 공식과 비법을 얼마나 갖추고 높이느냐에 달려 있다. 또한 명품 실력, 명품 매력, 명품 멘토 등으로 발전하느냐로 비교 측정 될 수 있다. 자신의 가치를 높이는 것은 주변으로 그에 걸맞은 좋은 사람과 상황 그리고 일 등 삶의 계단을 끌어올리는 일이다.

‘마법의 삶, 기적의 치유 21’의
공식과 관문

내 삶의 위대한 거듭나기, '더 플러스 5%'

더 플러스 5%

나는 잠재 뇌와 습관의 원리와 특성에 따른, 가장 쉽고도 강력한 21세기 새로운 명품화의 길을 연구해 왔다. 4,5차 산업혁명의 건강과 행복 그리고 고용의 위기를 극복하는, 누구에게나 간단하고 쉬운 새로운 21 명품화의 길을 찾고자 했다. 남녀노소 누구나 마음만 먹으면 쉽게 21세기 위기와 경쟁의 시대를 넘어 기회를 선택하는 새로운 명품화의 길이 있다고 생각했다. 지금까지 알려지고 발견된 삶의 진리는 항상 어려운 곳이 아니라, 쉬운 길에 있었기 때문이다.

특별한 학습이나 준비가 필요 없고 비법, 학력, 나이, 시기, 성별 등에 상관없이, 누구나 언제든 쉽게 시작하고 삶에 적용할 수 있는 새로운 공식을 찾고자 했다. 그 누구에게나 건강하고 행복한 삶과 성공적인 미래가 가능한 새로운 공식을 찾고자 했다. 많은 사람들은 20% 안전선이나 최상위 5%의 명품 그룹 달성 등 자신의 영웅적 자질을 깨우는 길이 멀고도 힘든 길이라 생각한다.

그런데 실제로 일반과 상위 그룹의 차이는 1~5% 정도에 불과하고, 앞서거나 다른 최상위 5% 그룹인 명품 삶과의 차이도 6~10%의 작은 습관과 실력의 차이에 의해 대부분 결정되고 있다. 그 작은 습관과 실력의 차이에 의해, 자신의 가치와 삶의 계단 그리고 운명과 미래가 달라진다. 하루하루의 행위가 수십 년 동안 쌓여 운명과 미래가 되어 간다. 이러한 사실을 모르고 있기 때문에, 변화를 두려워하거나 도전하기를 망설이고, 시작했더라도 머지않아 포기하고 만다.

21세기에는 학습과 배움 등을 통해 자신의 가치를 높여 나가야 한다. 자신의 가치는 좋은 습관과 인품 그리고 그 시대의 성공의 플러스 공식과 비법을 얼마나 갖추고 높이느냐에 달려 있다. 또한 명품 실력, 명품 매력, 명품 멘토 등으로 발전하느냐로 비교 측정 될 수 있다. 자신의 가치를 높이는 것은 주변으로 그에 걸맞은 좋은 사람과 상황 그리고 일 등 삶의 계단을 끌어올리는 일이다.

〈1〉 '21 명품화, 더 플러스 5%'의 '1차 더 습관화'

21세기의 각종 위기를 극복하는 새로운 명품화 공식인 '21 명품화, 더 플러스 5%'의 '1차 더 습관화'는, 우선 현재 나 자신의 각종 습관을 플러스 5%로 조금 더 높이기로 결심하고, 오늘부터 실천을 시작하는 것이다. 특별한 조건을 갖추거나 공식을 몰라도, 누구나 아주 쉽게 언제든 시작할 수 있다. 실천하다 보면 1,2% 실천한 날도 있고 6,7% 실천한 날도 있겠지만, 평균 5%를 목표로 삼으면 된다. 3년을 지속하면 잠재 뇌에 명품 습관의 폴더가 만들어질 것이다. 즉 알게 모르게 각종 한계의 벽을 돌파하여, 이전의 삶과는 차원이 다른, 1차 거듭나기 명품 습관화가 이루어졌을 것이다. 이는 더 나은 삶을 위해 1차 명품화에 입문하는 자격증을 받는 일이다.

몇 가지 습관을 몇 배로 높이 올리는 대단한 일이나, 전체적으로 습관(감사, 웃음, 칭찬, 인사, 친절, 절제, 용서…)을 5% 올리는 것이나, 최종 평균을 내면 비슷한 효과가 발생한다. 하지만 두세 배 이상으로 올리는 것은, 실천하기가 너무 힘들고 그래서 포기하기가 쉽다. 전체적으로 5% 올리며, 장점으로 발전시키고 싶거나 부족한 한두 가지 습관을 선택해서, 플러스 5%에서 1~3% 더 끌어올리는 실천 방식이 효과적이다. 이러한 도전과 목표를 성공적으로 달성하는 관문은, 일상의 크고 작은 모든 일을 즐기며 최선을 다하는 베스트 습관이다. 그리고 도전과 실천의 강도가 플러스 1~2%의 차이면 자신만 알고, 3~4%면 남들이 알기 시작하고, 5%면 누구나 달라졌다고 말하는 특별한 사람이 된다. 몇% 실천과 달성보다 더 중요한 사실은, 자신을 뛰어넘는 승부인 이러한 위대한 시도와 도전을 한다는 것에 있다. 이번 생에 플러스 5%의 목표와 도전 그 자체만으로도 대단한 일이다.

불과 '더 플러스 5%'가 하루하루 쌓여 나가다 보면, 어느새 4,5차 산업혁명의 각종 위기를 벗어나서 상위 20%의 안전선에 도착하는 명품 습관을 갖추게 될 것이다. 21세기 4,5차 산업혁명의 건강과 행복 그리고 고용의 위기가 깊게 진행될수록, 명품 실력과 더불어 가장 갖추어야 할 명품 습관은 건강과 체력이 될 것이다. 각종 위기의 시대에 대비하는 건강과 체력은, 21세기 중반 이후의 가정에서의 행복과 결혼의 선택조건이 되고 직업에서의 성공과 고용의 필수조건으로 자리 잡게 될 것이다. 건강과 체력을 갖추는 명품 습관을 만들고 물려주는 것은, 현재 자신의 성공적이고도 행복한 삶을 위해서나, 각종 위기와 경쟁이 심해지는

나와 우리를 바꾸는 습관의 시크릿

자녀나 손자 세대를 위해서 더욱 중요한 일이다.

'21 명품화 더 플러스 5%' 공식은 남녀노소 누구나, 마음만 먹는다면, 실천하기 그리 어려운 일이 아니다. 자신과의 승부에서 승리하는 1차 명품 습관화의 새로운 공식은, 건강과 행복 그리고 성공의 새로운 도약과 변화가 시작되는 위대한 출발점이다. 또한 21세기 자신과 가문의 생존과 번영의 시작점이 될 것이다. 만일 1차 더 플러스 5%를 성공적으로 달성한다면, 이번 생과 영혼의 목표인 내 삶의 수련원에서 거듭나기에 성공한 위대한 명품의 삶이다.

〈2〉 '21 명품화, 더 플러스 5%'의 '2차 더 실력화'

3년에 걸쳐 1차 거듭나기 명품 습관화가 완성된 후, 만일 여기에서 더 높은 최상위 5%의 발전과 풍요의 삶을 원한다면, '21 명품화, 더 플러스 5%'의 '2차 더 실력화'를 시도하면 된다. '2차 명품 실력화'는 또 다시 현재보다 각종 습관을 '더 플러스 5%'로 높이는 2차 거듭나기의 도전이다. 즉 처음 더 플러스 5% 1차 습관화에 이어, 2차적으로 더 플러스 5% 실력화를 추가하여, 출발점에서 본다면 총 플러스 10%에 도전하는 길이다. 산 너머 산에 오르는 진정한 명품화 과정으로, 자신의 숨겨진 영웅적 자질들이 깨어나기 시작할 것이다.

또 다시 추가된 '2차 더 플러스 5%'는, 점차 앞서거나 다른 플러스 5%의 실력으로 발전하게 된다. 21세기 경쟁의 시대에, 다른 사람보다 앞서거나 다른 최상위 5% 명품 실력으로 발전할 것이다. 결국 성공 가능성의 문을 통과하는, 성공 프로에 입문하게 될 가능성이 높아진다. 자신과 상대를 넘어 분야별 영웅과 전설이 되어, 글로벌 기회를 잡는 최상위 5% 그룹에 도달하는 과정이다. 이처럼 불과 5~10%의 작은 차이에서 자신의 가치와 삶의 계단이 확연히 달라진다. 21세기 4,5차 산업혁명의 경쟁의 시대에서 자신을 넘어 다른 사람들과의 경쟁에서 앞서거나 승리할 수 있는 2차 명품화의 길이다. 21세기에 건강과 행복의 안전선 20%를 지나 성공 가능성의 문 5%를 통과하여 분야별 영웅과 전설에 오르는, 자신과 가문의 영광을 이루는 위대한 길이다.

만일 최상위 5%를 넘어 1% 이상의 기회를 목표로 한다면, 21세기 성공 가능성의 문을 통과하는 21 플러스 공식과 비법을 학습하여야 한다. 21세기는 정보의 홍수 시대이다. 건강과 행복 그리고 성공의 세 가지 방향으로 꿈과 목표를 세우고 실천하여 실력으로 만들어야 한다. 그리고 삶과 일생을 한 장의 이미지 영상으로 관리하며(21 이미지 · 영상 학습 관리법), 플러스 5% 더 습관화와 실력화 그리고 명품화를 통해서 영웅과 전설의 단계에 이르는 21세기 새로운 공식이 필요한 시대이다.

〈3〉 '21 명품화 더 플러스 5%'의 '3차 더 명품화'

만일 자신의 최종적인 꿈과 목표가 국가나 인류의 영웅이나 전설이라면, '3차 더 플러스 5%'에 도전하면 된다. 3차는 1,2차와 달리 '베스트'나 '온리' 또는 '그럼에도 불구하고' 그룹에 도달하는 것을 목표로 한다. 그래서 자신의 목표 달성에 필요한 습관이나 인품을 선택해서, 그 부분을 추가로 5% 더 끌어올리면 된다. 즉 1차 5%와 2차 5%를 합해 총 플러스 10% 달성 후, 그중 명품화에 필요한 한두 가지 습관이나 인품을 선택해서 5% 이상 더 높이 올리는 것이다.

성공하는 사람은 대부분 비슷하나, 실패하는 사람은 모두 다른 사연을 갖고 있다고 한다. 성인이나 역사의 영웅, 존경하는 스승 등의 가르침이나 장점을 배우고 본받을 명품 멘토가 필요하다. 다수의 멘토의 가르침과 장점 그리고 공통점들을 배우고 따라하는 것이, 자신의 영웅적 자질을 깨우는 '3차 더 명품화'의 지름길이다. 이처럼 5% 플러스, 마이너스에 의해 삶의 명품 계단이 오르내린다.

누구나 자신의 영웅적 자질을 깨워 명품이 될 수 있다. 21세기가 진행될수록, 건강과 행복의 안전선 20%와 5% 성공 가능성의 문 통과를 안내하는 '명품 멘토'가 있다면, 많은 도움이 될 것이다. '명품 멘토'에는, 건강과 행복의 위기의 안전선 20% 통과를 안내하는 1차 멘토, 그에 더해 상위 5% 성공 가능성의 문 통과를 안내하는 2차 멘토, 영웅과 전설의 길을 안내하는 3차 멘토가 있다. 그중 가장 훌륭한 '21 명품 멘토'란, 개인이 먼저 명품화 과정을 통과하거나 직접 달성하고, 그 발전과 풍요 그리고 생존과 번영의 위대한 길을 안내하는 21세기 사랑배달부이다.

삶의 계단을
바꾸는 관문

시 간

　삶은 시간으로 구성되어 있다. 성공적인 시간 관리는 이번 생에 자신과의 승부에서 승리하는 필수조건이다. 그러므로 삶의 계단을 지금보다 더 발전시키기를 원한다면, 우선적으로 고려해야 하는 변화와 관리 포인트는 시간이다. 누구에게나 공평하게 주어지는 오늘 하루 24시간을 어떻게 사용했느냐가 자신의 현재 모습이자 삶의 계단이다. 그리고 특별한 계기와 변동이 없다면 미래도 거의 그대로 정해질 것이다. 무슨 일을 할 시간이 없다는 것은, 내 인생의 좋아하거나 중요한 우선순위에서 밀린다는 것을 의미한다. 새롭고 더 좋은 것을 얻으려면 항상 그만큼 내려놓거나 비워야 할 일이 발생한다. 그러므로 더 나은 삶을 원한다면, 그동안 사용해 온 시간 배정을 점검해서 재조정하고 새롭게 편성해야만 한다.

꿈과 목표를 이루는 최상위 5% 이상의 삶을 원한다면, 내 일생의 3대 시간 계획표의 작성과 관리가 필요하다. 그 중요한 3대 시간 계획표는, 첫째 꿈과 목표에 따른 계획표, 둘째 삶의 학교 일정에 따른 내 인생의 4대(예비-출발-중간-결실) 점검 계획표, 셋째는 오늘 하루 위대한 실천의 시간 계획표이다. 꿈과 목표를 적고 관리하는 것은 최상위 성공 그룹에 오르는 비법이요, 내 인생의 4대 점검은 건강하고 행복한 삶의 플러스 계단에 오르는 공식이다. 그리고 오늘 하루 주어진 24시간을, 그냥 흘려보내지 않고 스스로 관리하고 지배하는 것은, 이번 생에 자신과의 승부에서 승리자가 되는 길이다. 즉 3대 시간 계획표를 잘 짜고 실천한 사용자가 자신과의 진정한 승부나 삶에서 승리하는 위대한 일생을 살아가게 된다는 의미이다.

오늘 하루의 습관과 행위가 자신의 운명과 미래를 결정한다. 그러므로 인생에서 가장 중요한 오늘 하루 시간 관리의 승리자가 되려면, 첫째 꿈과 목표 그리고 자신의 삶의 학교 일정에 따른 상황과 시기 등 내 인생의 3대 계획표를 고려해서 오늘 하루

나와 우리를 바꾸는 습관의 시크릿

의 시간 배정의 점검과 재조정이 필요하다. 둘째 일상의 크고 작은 일에 집중도와 최선의 열정을 조금 더 끌어올려 시간당 효율성을 높인다. 셋째 만일 그래도 시간이 부족하다면, 우선순위에서 밀리는 덜 중요한 일을 찾아서 줄이거나, 출퇴근이나 여유 시간을 활용하여 명언 하나 외우기, 스트레칭이나 심호흡 운동하기 등 필요한 사항을 추가한다. 또는 조금 더 일찍 일어나거나 늦게 잠들어 새로운 시간을 만들면 된다.

오늘 하루의 말과 행동은 내 운명과 미래를 결정하는 중심키이다. 그래서 하루 24시간의 일정을, 아침과 잠들기 전의 긍정의 시작과 유종의 마무리, 그리고 하루를 3가지 목표와 공식(어제보다 나은 오늘의 나, 앞서거나 다른 플러스 5%의 습관과 인품의 영웅 깨우기, 그럼에도 불구하고 긍정의 힘 기르기)과 1일 3선 실천(내가 먼저 웃으며 인사하기, 내가 먼저 감사와 칭찬의 말 전하기, 화낼 일 참고 용서하기)으로 살아가는 5가지 공식으로 정리해 보았다.(위대한 하루공식 5 참고) 이처럼 '오늘 하루의 시간 계획표'와 동시에 진행하는 '꿈과 목표 시간 계획표' 그리고 '삶의 학교 상황과 시기 등에 따른 내 인생의 4대 점검 등 3대 계획표' 등의 준비와 관리는, 자신의 운명과 미래를 변화시키는 가장 중요한 첫 번째 관문이다.

시간은 금이라 한다. 자신의 삶의 시간 일정을 갖추는, 즉 시간이 금보다 귀한 것이라는 것을 일찍 깨닫는 사람이 삶과 시간 관리의 승리자 즉 타임 컨트롤러이다. 우리에게 주어진 지구에 머무는 백 년이라는 시간은, 지구의 역사 46억 년에서 보자면 눈 깜짝할 찰나에 불과하다. 누군가는 그 소중한 시간에 일어나는 생로병사마저 하늘의 선물이라 한다. 그리고 영혼의 발전과 수련을 위해 잠시 다녀간다고도 한다. 어제까지 살다간 사람의 최고의 소원은 오늘이다. "오늘 하루 내게 주어진 소중한 24시간과 내게 허락된 그 귀한 삶의 시간들을 위해, 새로운 하루 일정 등 내 일생의 3대 시간 계획표를 세워 보는 것은 어떨까?"

사 람

삶의 계단은 내가 만나는 사람과 비례한다. 그래서 우선 꿈과 목표를 이루는 데 도움이 되는 사람과 내가 오르고 싶은 계단의 사람들을 분석해야 한다. 만일 상위 5% 플러스 인생이 목표라면 책, 강연, 인터넷 등을 통해 상위 5% 이내의 사람들과의 직간접적인 교류가 시작되어야 한다. 그동안 만나던 사람들에 대한 시간 배정과 우선순위를 재조정해서, 플러스 계단에 오르는 데 필요한 새로운 만남을 계획해야 한다.

그런데 내가 원한다고 해서 성공한 전문가나 상위 플러스 사람들이 일부러 나를 만나 주지는 않는다. 내가 먼저 그들을 찾아야 한다. 자신이 원하는 분야의 전문가나 멘토의 강연이나 인터넷 정보를 찾거나, 각종 전시회, 연주회, 축하연 등에 참가로 만남의 계단과 품격을 높여 나가야 한다. 그런데 인류 역사상 모든 중대하고 위대한 0.1% 이상의 멘토와 그 분야에서 최고의 영웅과 전설들의 비법과 공식들은 이미 책으로 출간되어 있다. 그러므로 언제든 서점을 찾으면, 그들과 최상위 비법과 공식은 항상 반가운 미소로 맞아 줄 것이다. 그리고 인터넷을 검색하면 필요한 대다수의 특급 정보들이 이미 잘 정리되어 있다.

그런데 성공적인 대인관계와 인맥 관리의 가장 핵심 포인트는, 내가 먼저 변화하고 바뀌어야 한다는 것이다. 우선 나 자신부터 좋은 습관과 인품을 목표로 하는 상위 플러스 5% 수준에 걸맞게 바꾸려는 노력을 해야 한다. 내가 바뀐 수준만큼 그에 비례해서, 목표로 하는 것들이 끌어당겨지고 이루어질 것이다. 또 한 가지 중요한 대인관계는 나 자신과의 관계로서, 어쩌면 가장 필수적일지도 모른다. 나를 소중하고 귀하게 여기고, 목표가 성공한 사람이라는 확신으로 미래의 성공 이미지를 갖는 것이다. 그 자존감의 상승과 성공 이미지에 의한 자신감으로 내 생각과 말과 행동이 바뀌게 된다. 그리고 그 긍정적인 변화만큼, 상대가 나를 존중하고 대하게 되며, 그 수준에 어울리는 좋은 상대나 상황이 다가오게 된다. 스스로 생각하고 믿고 있는 자신의 가치와 위상을 높이는 것으로부터, 성공적인 대인관계가 시작된다.

또 한 가지 중요한 실천 포인트는 기존의 지금까지 만나 오던 사람들과의 새로운 관계의 수립이다. 그들과의 만남에서 '감사, 웃음, 칭찬, 미소, 친절, 인사' 등 좋은 습관을 플러스 5%로 발전 시켜 나가는 실습을 하는 것이다. 또는 평소처럼 불평, 지적, 분 노할 상황에서도 한 번 더 참아 내는 극기 훈련을 하거나, 마음 에 안 들어도 있는 그대로 존중하는 '그럼에도 불구하고'를 실천 하는 수련을 한다. 성공적인 대인 관계의 오늘 하루 3대 실천법 인 '첫째 내가 먼저 웃으며 인사하기, 둘째 내가 먼저 감사와 칭 찬의 말 전하기, 셋째 그럼에도 불구하고 화낼 일 참고 용서하 기'를 실천하면 도움이 된다. 결국 내가 먼저 바뀌어야 상대와 주변 그리고 세상이 바뀐다. 공자님도 '수신제가 치국평천하'라 고 하셨다.

인류의 5대 성인이나 위대한 스승들의 명언 한 줄을 암송하거 나 적어 보는 실천만으로도, 오늘 만남의 평균치를 플러스 5% 로 쉽게 끌어올릴 수 있다. 또는 각 분야별 최고봉을 이룬 모차 르트, 베토벤, 레오나르도 다빈치, 미켈란젤로, 셰익스피어 등의 음악이나 그림, 책 등을 잠시 감상하는 것으로도 충분하다. 매일 아침을, 성공한 영웅과 전설들의 자기 긍정의 확언으로 시작하는 작은 변화로도, 이전과는 차원이 다른 하루를 만날 수 있다. '어제보다 나은 오늘의 나'로 성장해 가는, '앞서거나 달라진 나' 와 '그럼에도 불구하고를 쌓아 가는 나'의 변화된 일상의 모습에, 주변에서 달라졌다는 아우성이 향기롭게 들릴 때까지 발전해야 한다. 각종 연구에 의하면 성공과 실패의 70~80%는 대인관계에 의해 결정된다고 한다. 나 자신을 포함해서 가정과 직장 그리고 고객과 이웃 등과의 성공적인 대인 관계와 인맥 관리는, 더 나은 삶으로의 발전과 풍요를 결정하는 필수 관문이다.

즐거움과 웃음 그리고 미소

상위 5%의 플러스 삶이 목표라면, 앞서거나 다른 플러스 5% 의 성공 습관을 갖추어야 한다. 새로운 일이나 꿈과 목표를 성공 적으로 이루려면, 얼마나 즐거운 마음으로 웃으며 실천할 수 있 느냐가 중요하다. 성공의 베스트 비법은 일상의 크고 작은 일을 즐겁게 실천하는 좋은 습관이다. 천재는 노력하는 사람을 이길 수 없고, 노력하는 사람은 좋아하는 사람을, 좋아하는 사람은 즐 기는 사람을 이길 수 없다. 결국 항상 즐기는 사람이 꿈과 목표 를 이루는 성공 프로의 가능성이 높아진다. 즐거운 일이 따로 있는 것이 아니라, 내가 하는 일을 웃으며 즐겁게 하는 좋은 습관을 만드는, 연습과 노력이 필요하다. 공부나 일을 운동이나 게임처럼 즐길 줄 알고, 휴식이나 노는 것에서도 일처럼 그 안에서 배우고 발전하려는 생각과 실천이 서서히 습관과 실력이 되어 갈 것이다.

잠재 뇌의 원리에 의해 즐거운 척 웃어도 실제와 같은 효과가 있다고 한다. 그래서 즐겁거나 행복해서 웃기보다는, 웃다 보면 즐겁고 행복해지는 길을 선택해야 한다. 나이가 들어 갈수록 하루에 웃는 횟수가 빠른 속도로 줄어 간다. 그 웃음이 줄어든 자리는 질병, 불행, 실패 등으로 채워진다. 즉 즐거움과 웃음은 그 사람의 건강과 행복 그리고 성공의 높이와 질을 측정하는 간편한 도구라 할 수 있다. 또한 마음은 있어도 몸이 아프거나 지치고 힘들면, 웃으며 최선을 다할 수 없다. 그러므로 자신의 일을 즐겁게 열정적으로 해 나갈 만한 건강과 체력을 준비해 두어야 한다. 중국과 유태인의 속담에 '웃는 법을 배우기 전에는, 가게 문을 열지 마라'라는 새겨 둘 만한 성공 교훈이 들어 있다.

예수님은 하늘의 뜻에 따르는 삶에 대한 제자들의 질문에 '항상 기뻐하라, 쉬지 말고 기도하라, 범사에 감사하라'라고 답하셨다. '항상 기뻐하라'가 첫 번째라는 것은 하늘은 자신의 창조물이 즐겁게 웃으며 살기를 가장 바란다는 의미이다. 또한 신이 창조한 다른 창조물들을 기쁘고 행복하게 하는 말이나 행동에 더욱 기뻐하신다는 뜻이기도 하다. 21세기 고객 감동의 시대에 있어서 상대를 기쁘고 행복하게 하는 감동의 능력의 필요성은 점점 더 증가하고 있다. 감동의 능력은 '그럼에도 불구하고 감사, 있는 그대로의 존중, 칭찬과 믿음, 배려와 용서…' 등으로 시작된다. 즐거움과 웃는 얼굴은, 성공뿐만이 아니라, 더 나은 건강과 행복의 계단을 결정하는 관문이다.

즐거움과 웃음은 밝은 표정으로 짓는 눈과 입의 미소로 표현된다. 시간과 사람보다, 운명과 미래를 견인하고 삶의 단계를 변화시키는 가장 쉽고도 강력한 에너지는 미소이다. 내가 상상 속에서 그릴 수 없거나, 내가 그 일을 믿지 않는 것은 내 삶에서 결코 일어나지 않는다. 운명과 미래를 변화시키고 내 삶의 계단을 결정하는 3대 미소가 있다. 첫째는, 현재 건강과 행복을 느끼는 '건강감과 행복감의 미소'이다. 현재가 행복한 사람은 앞으로도 행복할 가능성이 많다. 또한 현재 자신의 건강과 내 안의 명의를 믿는 사람은 건강한 미소를 지을 수 있다. 그러한 '건강감'의 사람에게 기적의 치유가 일어난다. 나와 상대의 장점을 보고, 듣고, 기억하려는 긍정의 힘과 일상의 크고 작은 일에 웃을 수 있는 능력과 실천이라고도 할 수 있다. 지금의 건강과 행복에 대한 나의 부족함에 생각과 관심을 기울일수록, 부정적인 방향으로 현재와 미래가 전개될 확률이 높아진다. 건강과 행복은 자신의 건강하고 행복한 현재와 미래에 대한 긍정의 믿음으로의 선택과 결정이 필요하다.

둘째는 꿈과 목표를 이룬 미래의 '성공 이미지의 미소'이다. 우선 꿈과 목표가 있어야 하고, 10~20년 후 꿈과 목표를 이룬 미래에 대한 믿음과 자신감이 있어야 '성공 이미지'가 가능하다. 미래가 불투명하고 다가올 역경이나 실패에 상관없이, 결국은 이룰 것이라는 성공의지와 확신이 있어야 한다. 그리고 현재를 그 꿈이 이루어지는 과정이라 믿고, 즐겁게 실천해 나가는 '성공한 사장 마인드'의 미소가 '성공 이미지의 미소'이다. 가정에서의 행복이나 직장에서 성공은, 대다수의 경우에 시작하는 첫 마인드와 사전 준비에 따라, 거의 승부가 결정된다. 그래서 '시작이 반'이라고 한다. 성공적이고 행복한 삶을 원한다면 미소부터 준비해야 한다.

셋째는, '행운의 미소'이다. 내 삶이 현재 행운으로 가득 찼다는 '행운감'의 미소이다. '행운의 미소'란, 매사에 감사하는 기쁜 마음과 모두가 잘 되기를 바라는 좋은 감정으로 즉, '밝고 선하고 아름다운 미소'를 띠는 것이다. 누가 봐도 기분 좋은 밝고 즐거운 미소가 행운의 여신을 부르는 미소이다. 또한 품격과 매력이 빛나고 향기로운 '명품 미소'로 상대를 기쁘고 행복하게 하거나 그를 편안하게 해 주는 배려의 미소를 말한다. 한걸음 더 나아가 '받은 사랑은 한없이 크고 많은데, 베푼 사랑은 항상 부족해서 미안하다'는 사랑배달부의 겸손한 미소를 포함한다. 이처럼, 세 가지의 미소의 의미를 함축하여 눈과 입에 가득 담는다면, 내 운명을 쉽고도 강력하게 바꿀 수 있다. 21세기에는 생각하고 말하는 대로 그리고 미소의 의미 따라 운명과 미래가 흘러간다. 즉 이 생각과 말 그리고 미소의 의미는 그 사람의 긍정의 힘이자 좋은 습관과 인품의 표현 방법이다.

일과 일상에 대한 즐거움과 웃음 그리고 세 가지 미소의 능력을 키우는 것은, 삶을 즉각적으로 변화시키는 강력한 무기를 갖추는 일이다. 지금보다 더 발전된 삶의 계단과 질을 원한다면, 앞선 우선순위의 시간과 사람의 변화보다 가장 쉽고도 빠른 길일 것이다. 웃음과 미소는 신이 누구에게나 준 최고의 치유물질이자 최상의 선물이다. 즐거움은 자기계발의 연습과 훈련으로 후천적으로 습득되어 가는 좋은 습관이다. '만일 다시 한 번의 삶의 기회가 주어진다면, 어떻게 살고 싶은가?'라는 설문조사에서 압도적인 1위는, '즐겁게 살고 싶다'였다고 한다. '지금 나는, 삶의 어떤 계단에서 상위 몇%의 즐거운 웃음과 미소를 짓고 살아가고 있는가?'

13

21세기 '그럼에도 불구하고' 최상위 인품의 관문

자신과의 승부에서 승리하여, 좋은 습관을 기르고 열심히 노력하여 꿈과 목표를 이루어, 자신의 분야에서 성공을 이루었거나 인정받는 전문가(프로)에 도달한다는 것은 대단한 일이다. 그런데 우리의 삶에서 습관과 실력과 함께 진정한 의미의 성공을 이루는 데 반드시 필요한 요소가 있다. 이 최상위의 요소는 인간적인 매력인 인간미, 즉 인품이다. 인품은 습관과 실력에 의한 수직적인 성공의 높이를, 자신의 삶의 모든 부위로 그 수평적인 범위를 최대로 넓히게 된다. 만일 개인적으로 수직적인 높이의 성공을 이루었더라도 인간적인 매력이 부족하다면, 그 성공의 의미는 많이 좁아질 수밖에 없다. 이처럼 인품은 개인적인 자신의 분야에서 성공한 전문가에서, 우리 모두가 좋아하고 존경하는 삶의 프로로 품격을 높여 주는 빛과 향기의 역할을 한다.

인품이 무엇인지 그리고 어떻게 해서 만들어지는지 그 구성과 관문을 알아야 그곳을 정복할 수 있을 것이다. 그래서 수많은 책에서 인품의 공통점과 특별함을 모아 세 가지 관문이자 플랫폼으로 정리했다. 이는 인품의 목표와 플랫폼들을 정해 주어야, 누구나 그 방향으로 계속 노력하고 이룰 수 있기 때문이다. 인품은 습관과 긍정의 힘에 의해 만들어진다. 삶의 모든 좋은 것을 끌어당기고 이루는 긍정의 힘은, 주로 생각과 감정 그리고 인품으로 구성되어 있다. 인품은 행운의 화살을 끌어당기는 가장 큰 매력 포인트이다. 개인적인 인품의 관문들을 통과하는 특별한 업적은, 이번 생의 자신의 존재의 의미를 넘어 가족과 가문 그리고 이웃과 국가에도 도움을 주고 가는 훌륭한 일을 하는 것이다.

사람은 태어나 누구나 두 가지를 남겨야 한다고 한다. 그것은 자손과 선행의 의무라고 한다. 첫째는 인간이 지구의 주인을 계속 유지하게 하는 종의 번식의 의무이고, 두 번째는 창조주의 뜻에 따라 서로 함께하는 나눔과 봉사의 선행의 의무이다. 그런데 21세기에는 거기에 한 가지를 더 플러스하여 인품의 관문 통과를 새로운 의무로 추가하여야 한다. 왜야하면 이번 생에 가정과 일에서 성공과 행복의 큰 기쁨을 이루고, 심각한 질병의 시대를 살아가야만 하는 백 년 후의 후손들에게 건강과 행복의 플러스 선업을 물려주는, 한 단계 높은 가문의 영광과 축복을 이루는 길이기 때문이다.

장점을 칭찬하고, 단점을 있는 그대로 받아들이고 존중하기

'나와 상대의 장점을 칭찬하고, 단점을 있는 그대로 받아들이고 존중하기'는 이번 생의 훌륭한 목표이자 최상위 인품의 제1경지에 이르는 첫 관문이다. '그럼에도 불구하고' 1단계 인품의 관문을 통과한다는 것은, 이번 생에 태어나 가장 훌륭하고 멋진 일을 해낸 인증서를 받는 것이다. 이는 소크라테스의 모든 곳에 우선하는 최상위 법칙 '장점을 칭찬하고, 단점을 있는 그대로 받아들이기'에서 '존중하기'를 추가한 것이다. 나와 상대의 장점을 칭찬하는 것은, 매사에 좋은 것을 보고 말하고 들으려 하는 긍정적인 삶의 자세로서, 건강과 행복 등 축복을 끌어당기는 비법이다.

나와 상대의 단점이나 나와 다른 생각이나 상황들을 있는 그대로 받아들이고 존중하는 것은, '정의의 사자'나 '심판의 사자'를 벗어나서, 세상을 틀림이 아닌 다름으로 받아들이는 긍정적인 삶의 태도이다. 평범한 일상에서 그 속에 담긴 반짝이는 장점을 발견할 수 있는 좋은 습관과, 단점에서도 그 속에 숨겨진 그럼에도 불구하고 장점을 찾으려는 훌륭한 습관을 키운다면, 나와 주변에서 감동적인 삶이 전개되기 시작할 것이다. 매사에 감사하는 '기쁜 마음'과 모두가 잘되기를 바라는 '좋은 감정'으로 일상의 크고 작은 모든 일들을 칭찬과 축하로 살아가는 21 긍정 프로에 입문하는 공식이다. '그럼에도 불구하고' 1단계 관문이자 최상위 인품의 제1경지는, 꿈과 목표를 이루게 하는 감동의 첫 계단에 오르는 길이다. 누구나 바라는 플러스 인생과 '마법의 삶과 기적의 치유'의 21세기 출발점이다.

그럼에도 불구하고, 오케이! / 그럼에도 불구하고, 예스!

'그럼에도 불구하고, 오케이!', '그럼에도 불구하고, 예스!'란 '마법의 삶과 기적의 치유'를 이루는 21세기 최상위의 공식이다. 계속적인 발전과 풍요의 삶을 이루는 최고의 비법은, 내게 다가오는 모든 사람과 상황 등을 '감사와 교훈'의 두 가지 방향으로만

나와 우리를 바꾸는 습관의 시크릿

받아들이고 처리하는 것이다. 그러려면 내 삶에 다가오는 모든 일을 '좋은 것과 특별한 것' 그리고 '즐거운 일과 특별한 일'로 해석하는 특별한 긍정의 마인드가 필요하다. 단점을 있는 그대로 받아들이는 인정을 넘어, 특별함으로 한 단계 더 높여 주는 존중이다. 삶의 진리인 '대접받고 싶은 대로 대접하라'에 따른, 상대를 기쁘고 행복하게 만드는 말과 행동은, 내 삶으로 성공과 행복을 끌어당기고 이루는 공식이다.

'그럼에도 불구하고' 2단계 경지는 감동의 계단을 지나 정화의 단계에 오르는 관문이다. 나와 상대의 단점이나 마음에 들지 않는 상황을 넘어서는, 자신과의 승부에서 승리하는 길이다. 주어진 운명을 극복하고 행운의 여신을 부르는 비법인 '기쁜 마음과 좋은 감정' 즉 매사에 감사하는 기쁨 마음과 모든 것이 다 잘되기를 바라는 좋은 감정으로 즐겁게 살아가는 최상위 인품의 경지이다. 그리고 플러스 인생 진입과 행운을 끌어당기는 또 하나의 비법인 '미소와 친절'이 입가에 항상 머물고 있을 것이다. 내게 다가오는 부정적인 것(역경, 실패, 질병, 문제…)들까지도 성공의 밑거름으로 만드는 분기점으로, 분야별 소영웅과 전설에 접근하는 길이기도 하다. '그럼에도 불구하고'는 내 삶의 장애물을 디딤돌로 만드는 21세기 마법의 도구이다.

덕분에 감사합니다! / 이루어 주셔서 감사합니다!

'덕분에 감사합니다!, 이루어 주셔서 감사합니다!'는 삶의 최고 계단인 '그럼에도 불구하고' 3단계 관문이자, 최상위 인품의 제3경지이다. 모든 것을 창조주의 개인이나 세상 발전 프로젝트로 받아들이는 위대한 경지이다. 사랑은 언제나 감사로 시작해서 용서로 완성된다. 과거와 현재 그리고 미래에 이루어질 모든 삶에 덕분에 감사하는 차원에 이른 삶이다. 무조건 감사하고 용서하는 사랑과 용서의 최고 단계인 최상위 인품의 경지에 들어선 것이다.

매사에 흔들림이 없는 감사하는 기쁨과 친절한 미소 그리고 겸손한 마음으로 삶을 살아가는 것이다. 그 결과로 본인이 상상할 수 없는 행운과 축복이라는 선물을 받게 될 것이다. 내가 바꾼 가치와 높이에 비례한 긍정적인 일과 상황들이 다가설 것이다. 상대나 상황 등에 영향을 받지 않는 '사랑해서 미안합니다! 더 잘해 주지 못해 미안합니다!'라는, 배려와 감동의 차원 높은 명품 프로에 이른 삶이다.

'받은 사랑은 과분한데, 베푼 마음은 늘 부족했다'라는 훌륭한 삶이다. 더 나아가면 감동과 정화의 계단을 지나, 평화와 자유의 단계에 이르는 삶이다. 상대나 상황 등에 영향을 받지 않고, 생로병사의 한계에서도 벗어나는, 해탈이나 성자의 반열에 이르는 길이도 하다. 삶의 진리와 자연과 우주의 법칙에 따르는 깨달음의 단계 이른, 초영웅과 전설들의 위대한 경지이다.

21세기에는 학습과 배움 등을 통해 자신의 가치를 높여 나가야 한다. 자신의 가치는 좋은 습관과 인품 그리고 그 시대의 성공의 플러스 공식과 비법을 얼마나 갖추고 높이느냐에 달려 있다. 또한 명품 실력, 명품 매력, 명품 멘토 등으로 발전하느냐로 비교 측정 될 수 있다. 자신의 가치를 높이는 것은 주변으로 그에 걸맞은 좋은 사람과 상황 그리고 일 등 삶의 계단을 끌어올리는 일이다.

실천력,
학습법과 자가진단법

14

생각과 실천 사이의
수평의 다리

사람들은 연초가 되면 많은 계획을 세운다. 그리고 방학이나 휴가가 시작될 때도 많은 꿈과 계획이 있다. 그런데 시간이 조금 지나면 서서히 시들해지고 그해가 끝나거나 방학이 끝날 때쯤 되면 도대체 내가 무엇을 했나하고 후회하는 경우가 많다. 그리고 특히 금주, 금연에 있어서는 더하다. 평생을 못 끊어서 수십 번의 계획만 세운 사람들도 많다. 다이어트 열풍에서도 마찬가지다. 건강과 세련된 외모를 위해 살을 뺀다고 결심했다가 실패했던 수많은 경험들을 가지고 있을 것이다.

삶에서도 마찬가지다. 누구나 결혼해서는 행복한 가정을 이루고 싶고, 직장과 일에서는 부와 성공을 이루는 보증수표인 전문가이자 성공 프로가 되기를 원한다. 하지만 막상 결혼할 때 행복하기로 결심하였고, 일을 시작할 땐 잘해 보자고 굳게 다짐하며 시작했건만, 어느새 머지않아 평범해져 있는 자신을 바라다보게 된다. 그리고 머지않아 또는 수년이나 심지어는 그 일과 상황이 마무리되는 수십 년의 세월이 흐른 후에 '그때 더 잘할걸!', '그때 조금 더 참을걸', '미리미리 건강에 신경 쓰고 챙길걸!', '그땐 그걸 왜 몰랐을까?' 등 수많은 후회와 반성을 하게 된다.

왜 우리가 갖고 있는 생각이나 꿈과 목표는 실제 행동으로 실천하거나 목표를 이루기는 어려운 것인가? 인류의 대다수는 수천 년을 살아오며 매번 비슷한 질문과 대답을 반복적으로 하고 있다. 그동안 수많은 책, 영화, 연극, 철학, 명언, 종교 등을 통해 해답을 얻고자 해 왔다. 그렇다면 해답은 끝내 없는 건가? 아니면 아직 못 찾고 있는 건가? 우리 삶의 모든 부분에는 습관과 잠재 뇌의 특성과 원리가 주로 작용한다. 그리고 무엇보다도 자기계발에 의한 좋은 습관과 긍정의 힘 그리고 실천력 등이 많은 부분을 결정하게 된다. 그리고 생각을 실천으로 옮기는 21세기 공식과 비법으로 3가지 큰 수평의 다리인, 말(긍정), 쓰기(인내), 이미지 영상(암기) 등이 놓여 있다. 그 세 가지 실천으로 가는 다리들을 통과하는 방법이 해답에 도움이 될지도 모른다.

나와 우리를 바꾸는 습관의 시크릿

말

말은 생각을 실천에 이르게 하는 첫 번째 건너야 할 다리이다. 생각은 말로 그대로 나오게 되고, 말은 행동을 견인하여 경험을 창조한다. 생각을 바꾸는 것은 정말 어려운 일이다. 그 이유는 일초에도 수십 가지 생각이 오르내린다고 한다. 그러니 그 백사장의 모래알보다 많은 생각들을 어떻게 통제할 수 있겠는가. 그런데 생각은 경험을 창조하는 시발점이다. 생각을 먼저 바꾸지 않는다면, 다른 행동이 이루어질 가능성이 없다. 그렇다면 과연 생각을 바꿀 방법은 없는 것인가. 그렇지 않다. 아주 쉬운 방법이 있다. 생각을 바꾸긴 어렵지만 생각의 대리인인 말을 바꾸는 것은 그리 어려운 일이 아니다. 즉 내가 사용하는 말을 바꾼다면, 내 생각이 바뀌게 되고, 내 생각이 바뀌면 내 행동과 습관이 바뀌게 되어 결국 인품과 운명이 바뀌게 된다.

병은 입을 통해 들어가고 화는 입을 통해 나온다. 그렇다면 병과 화를 예방하고 건강과 행복을 이루는 말하는 법에 대해서도 연구가 필요하다. 수많은 책들에 잘 나와 있다. 하지만 그 많은 책을 읽어 정말 필요한 것만을 내 것으로 만들려면 책 속에 담긴 길을 찾는 수준에 도달해 있어야 한다. 말콤 글레드웰의 아웃라이더라는 책에서 한 분야의 전문가가 되기에는 최소한 일만 시간이 필요하다고 한다. 책도 사람과 분야에 따라 다르지만 보통 천 권 이상은 읽어야 책 속의 길을 찾을 수 있다고 한다. 그리고 점점 더 읽어 갈수록 그 오솔길은 고속도로가 되고, 우주로 뻗어 올라갈 정도의 경지에 도달하게 된다. 이처럼 깨달음의 길은 점점 도를 높여 갈수록 더 즐겁고 거듭나는 인생이 펼쳐지게 된다.

긍정의 언어습관을 마스터하고 삶에 대입할 수 있다면 내 운명이 바라는 대로 흘러가게 될 것이다. 삶의 주인공이 되어 운명의 키를 조정하려면 긍정의 언어습관을 학습하여 삶에 대입하고 실천하면 된다. 그래서 긍정의 언어습관을 정리하고자 대화법, 처세술, 심리학, 대인관계 등 관련 책들을 종합하고 압축해 본다. 말은 그대로 이루어지게 해 달라는 기도이다. 생각의 바꾸는 깨달음, 거듭나기 등의 어려운 길이 아닌, 생각의 방향을 정해 두는 쉬운 길을 만드는 방법이 있다. 미리 행동이나 실천의 우선순위를 원-투-스리로 정해 두는 것이다. 결국 생각을 바꾸는 최고의 비법은 말을 바꾸는 것이고, 말을 제대로 하는 최고의 공식은 긍정의 언어습관을 마스터하는 것이다. 21세기 삶의 프로가 되고 싶다면, 최소한 3대 황금키 습관인 긍정의 언어습관, 성공적인 대인관계, 내 인생의 3대 공식과 계획표의 관문을 통과해야 한다.

나와 우리를 바꾸는 습관의 시크릿

쓰 기

첫 번째 다리인 언어습관의 다리를 통과하는 것보다 백 배, 천 배 더 효과적인 방법이 있다. 그것은 종이에 직접 쓰는 것이다. 우리의 뇌는 보는 것을 믿는 경향이 있다. 그러므로 직접 써서 그 내용을 자신의 눈으로 확인하는 것은, 말로 반복하는 것보다 훨씬 효과가 높다. 또한 중요한 내용을 메모하는 습관이나 꿈과 목표를 직접 쓰는 것은 자신과의 인내심과 게으름과의 승부에서 이긴 것이다. 또한 다른 사람보다 앞서거나 다른 실천력을 키우는 것이다. 작은 습관의 차이가 하루하루 쌓이면 삶의 계단과 질이 달라져 간다.

메모하는 습관은 성공하는 사람들의 가장 큰 공통점이다. 그런데도 사람들은 잘 쓰려 하지 않는다. 꿈과 목표도 생각과 말로만 계속하는 것보다는 한 번 직접 작성하는 것이 효과가 높다. 많은 연구에서 꿈과 목표를 직접 적고 관리하는 3%가, 나머지 97%를 합한 것보다 많은 부와 성공을 이룬다고 한다. 그런데도 꿈과 목표를 적어 보거나, 매년 관리하기를 실천하는 사람은 드문 편이다. 마치 그런 특정한 결과는 다른 사람에게만 적용된다는 듯, 내 삶에도 적용된다는 사실을 무심히 잊고 살아간다. 꿈과 목표를 적고 관리하는 사람은 꿈과 목표를 이루고, 발전과 풍요의 삶을 이룰 성공 확률이 높아진다.

21세기 성공법칙에서 중요한 긍정의 힘을 기르려면, 역시 쓰는 것이 중요하다. 긍정의 힘에서 가장 중요한 것은 사랑이다. 그리고 사랑은 감사로 시작해서 용서로 완성이 된다. 즉 '누가 더 감사하는 습관을 키웠는가?' 그리고 '한 번 더 용서하는 훌륭한 인품을 갖추었느냐?'에 의해 삶의 모든 좋은 것을 끌어당기는 긍정 에너지의 크기와 레벨이 결정된다.

긍정의 힘을 기르는 최고의 비법이자 공식은, 감사카드와 용서카드를 작성하는 것이다. 말로 감사와 용서를 반복하는 것보다, 감사와 용서카드를 작성하다 보면 긍정의 힘이 점점 더 높아질 것이다. 감사카드를 작성하며 감사, 웃음, 칭찬, 존경, 축하 등의 습관을 한꺼번에 기를 수 있게 세 가지 종류의 감사카드를 만들어 보았다. 그 카드를 작성하다 보면 긍정의 힘이 많은 부분이 동시에 성장하고 발전하게 될 것이다. 그에 더해 용서카드를 역시 세 종류로 만들어 보았다. 그 용서카드는 훌륭한 성격과 인품을 기를 수 있게 고려하였다. (P.261~262, 부록 1,2 참조)

감사와 용서카드를 작성하다 보면, 좋은 습관과 더불어 긍정의 끌어당김 에너지가 강해질 것이고, 그에 비례하여 좋은 사람, 사건, 인품, 상황 등에 가깝게 다가설 것이다.

이미지 · 영상

　말과 생각보다 쓰는 것이 백 배 이상 실천력이 강하고, 쓰는 것보다 백 배 이상 더 강력한 것은, 암기하거나 이미지 · 영상으로 기억하는 방식이다. 생각을 긍정의 언어습관으로 제대로 표현할 줄 알고, 그에 더해 꿈과 목표의 작성과 관리 그리고 감사카드, 용서카드 등을 일상에서 실천하고 있다면, 꿈과 목표를 향해 질주하고 있을 것이다. 그리고 머지않아 자신이 바라는 성공과 행복의 안전선인 플러스 인생 진입이 가능해질 것이다. 위 두 개의 실천 다리를 건넜다면, 이 모든 것을 몇 배 빠른 속도와 크기로 이루게 하는 최상위 방법이 있다. 그것은 반복을 통해 매일 암기하듯 되풀이하거나, 꿈과 목표 등을 한 장의 이미지 · 영상으로 관리하는 것이다.

　우리 잠재 뇌는 내가 매일 반복하는 것을 좋아하고 중요한 것으로 받아들인다. 하지만 말로만 하는 것은 수도 없이 보고 듣고 속아 왔기 때문에, 말로만 하는 것은 인정해 주지 않는다. 그래서 일단 쓰는 것은 그래도 1차적으로 인정을 해 주는 것이다. 하지만 쓰기만 하고 실천하지 않은 것이 얼마나 많은가. 그래서 반복적으로 쓰고서 외우는 것을 2차적으로 정말 중요한 것으로 인정해 주는 것이다. 왜냐하면 반복 연습으로 외우는 성의를 보였기 때문이다. '세상은 공짜는 없다'는 삶의 진리에 따라 그 노력을 인정해 주는 것이다.

그래서 꿈과 목표를 이루고 싶다면, 그 내용을 간략하게 정리하여 크게 쓰고 눈에 잘 보이는 곳에 붙여 놓고 수시로 반복하여 암송하는 것이 실천력을 크게 만들어 준다. 그 밖에 긍정의 힘과 자신감을 높이는 대표적인 것으로 자기 긍정의 확언이 있다. 그동안 수많은 책에 가장 중요하다는 공통점을 모아, 세 가지 자기 긍정의 확언으로 정리해 보았다. 첫째는 '어제보다 나은 오늘의 나, 나는 모든 것이 점점 더 좋아지고 있다.' 둘째는 '나는 항상 운이 좋아. 모든 것이 다 잘 될 거야.' 셋째는 '나는 할 수 있다. 나는 무엇이든 될 수 있고, 이룰 수 있다'이다.

또 한 가지 좋은 방법은 명언이나 삶의 진리 등 자신의 현 상황에서 가장 필요하고 좋아하는 것을 적어 두고, 평소에 암송을 반복하여 그 뜻을 저절로 깨쳐질 때까지 외우고 다니는 것이다. 그러다 보면 어느 날 신문이나 방송, 책, 영화, 주변사람의 대화 속에서 그 명언의 숨겨진 진리가 깨달음으로 다가올 때가 있다. 그렇게 크고 작은 알아차림으로 다가오는 진리에 대한 깨달음은, 내 운명과 미래를 송두리째 바꿔 놓을 만큼 위력을 발휘할 때가 있다.

21세기는 정보의 홍수 시대이고 새로운 꿈과 목표 설정과 관리 그리고 삶의 학교의 특별한 학습 관리법 등이 필요하다. 그래서 필자는 세 가지 주요부위 첫째 뇌의 성장발달과 퇴화, 둘째 치아의 발생과 퇴화 그리고 셋째 청력, 근력, 기억, 뼈 등 인체의 성장과 퇴화 등을 종합 분석하여, 내 삶의 성장발달과 퇴화의 그래프를 완성했다. 그리고 이 그래프를 중심으로 꿈과 목표, 성공 이미지, 각종 기념일 등 내 삶의 모든 것을 한 장의 이미지·영상으로 관리하는 '21 이미지·영상 학습 관리법'을 계발하였다. 한 장의 바탕 화면에 과거 현재 미래의 모든 것을 관리하는 간단한 방식이다. 21세기 이 시대가 요구하는, 앞서거나 다른 최상위 5%를 이루는 21, 22세기 새로운 학습 관리법이 될 것이다.

잠재 뇌와 습관의 입출력 방식과 파워

〈1〉 생각, 말, 감정

우리가 항상 생각과 말을 하며 살아간다. 그리고 생각은 대부분의 경우에 그대로 말로 연결되고, 자신의 경험을 창조한다. 평소에 가장 자주 하는 생각과 말 그리고 행동이 잠재 뇌에 입력되고 시간이 흐르면 습관으로 등록된다. 일단 등록되면 그 후로는 우리의 삶을 그 방식으로 받아들이게 하고 처리한다. 그래서 생각하고 말하는 대로 인생이 흘러간다고 한다.

그런데 어떠한 행위나 행동을 할 때 생각과 말보다는, 자신의 감정에 무게가 더 실린다. 태어나서 초등학교 저학년 정도의 제대로 말로 표현하는 법을 배우기까지는 주로 촉각, 미각, 청각, 시각, 후각 등 오감에 의해 뇌에 입력된다. 감각기관의 발달과정은 피부(촉각), 균형, 미각(7세), 청각(8~10세), 시력(12세) 순이다. 특히 피부는 제2의 뇌라고 할 정도로, 유아기의 사랑의 촉감 즉 스킨십은 정서 안정, 인성 등 여러 면에서 중요하다.

또한 유전적으로도 원시시대부터 우리의 뇌는 외부의 위험에 대처하고 살아남기 위해 일생을 오감을 열고 살아야만 했다. 그래서 우리의 뇌는 감각에 대해 기억의 폴더가 잠재되어 있고, 오감에 의한 감각은 감정을 생성하는 기초가 된다. 그리고 우리 몸과 마음은 연결되어 있어서, 감정에 의해 웃기도 하지만 웃다 보면 기쁨의 폴더가 열리게 되어, 실제로도 즐거움과 기쁨이 생기게 된다. 습관의 폴더 형성은 항상 생각으로부터 시작되고, 말에 의해 구체적인 형태를 갖추게 되고, 감정에 의해 최종 품질과 등급이 결정된다.

〈2〉 말, 쓰기, 암기

생각과 실천 사이에는 통과해야 할 세 개의 관문이 놓여 있다. 첫 관문은 '말'이고, 둘째는 '쓰는 것'이고, 마지막 최종 관문은 '반복과 암송'이다. 생각보다는 행동이 항상 잠재 뇌에 입력되는 파워가 높다. '만 번을 말하면 그대로 이루어진다'라는 인디언의 속담이 있다. 말에는 끌어당김의 흡입력과 견인력이 있다. 그러므로 긍정의 언어습관을 학습해 두는 것은, 내 운명과 미래를 위한 필수조건이다.

목표 쓰기, 메모하기, 감사·용서카드 등을 기록하고 관리하는 것은, 잠재 뇌에 입력파워를 높이는 효과가 있다. 뇌는 직접 보는 것을 최종적으로 인정하기 때문이다. 목표를 직접 쓰고 관리하는 것은 꿈을 이룰 가능성을 수십 배 높여준다. 또한 메모하기는 매사에 정확성을 높여 주고 아이디어 계발 등 창조력을 높여 준다. 감사카드와 용서카드를 작성하는 좋은 습관은 좋은 성격과 훌륭한 인품으로 발전한다. 이처럼 직접 쓰고, 기록하고, 관리하는 것은 단순히 생각과 말로만 하는 것보다 그 효과가 월등히 높다.

그래서 목표, 좌우명, 명언 등을 크게 써서 눈에 잘 보이는 곳에 붙여 놓고 외울 때까지 반복해서 읽거나 암기하는 것은, 잠재 뇌에 입력되는 폴더 생성과 새로운 수정 폴더를 만드는 데 강력한 힘을 발휘한다. 반복해서 읽거나 암송하는 문구는 뇌에 일정한 목표와 방향성을 정해 주는 마법의 효과가 있다. 특히 아침에 눈뜨기 직전과 잠들기 전에 자기 긍정의 확언을 암기하는 것은 효과가 크다.

〈3〉 이미지, 상상력, 명상

이미지는 상상력과 더불어 잠재 뇌에 폴더 생성과 새로운 폴더 만들기에 가장 강력한 파워로 작용된다. 건강한 이미지를 항상 떠올릴수록, 행복한 가정을 원하고 그릴수록, 오늘의 건강과 행복을 선택하는 것이다. 10~20년 후에 대한 성공 이미지도 성공 확신을 더하게 되어, 꿈을 이룰 가능성이 높아진다. 상상력은 그 꿈들을 이룬 후의 봉사와 나눔 등 자신의 멋진 모습을 그려서, 열정과 동기부여를 한다. '꿈과 목표'와 '할 수 있다'라는 자신감과 믿음이 이미지와 상상력의 원천이 된다.

명상은 자신의 내면을 들여다보고 탐구하여 삶의 질을 발전시키는 좋은 방법이다. 명상은 호흡으로 시작하여 호흡으로 마무리된다. 명상은 자기계발의 정도와 수준에 따라 비우기, 내려놓기, 통찰력 등의 능력을 높여서, 이미지와 상상력뿐만 아니라 감정의 통제와 치유 능력도 높여 준다. 21세기는 심각한 질병과 경쟁의 시대가 깊어질수록, 명상의 시대가 예측되고 있다.

21세기 정보와 배움의 시대의 학습법

'스텝 바이 스텝' 기초 학습법

21세기 정보의 홍수와 경쟁의 시대에는 학습을 통해 실력과 가치를 올려야 한다. 성공은 결코 노력을 배신하지 않는다. 과거로부터 현재까지 항상 사용되어 오던 학습법이다. 기초로부터 한 단계 두 단계 수준을 높여 가는 일반적인 학습법이다. 나이와 학년에 따라 기초를 튼튼히 쌓는 것은 어느 정도 수준이 올라갔을 때 응용력을 발휘하게 한다. 그리고 실력과 창조력도 기초가 튼튼한 경우에 더 크고 높게 발전할 수 있다. 세상에 공짜는 없다. 항상 기회는 준비된 사람에게 열려 있다. 실력을 쌓기 위해 언제든 성실하게 노력하는 사람에게 더 많은 기회가 찾아온다.

이 방식으로 학습하거나 가정이나 직업 등에 적응과 실력을 기르는 데는, 잠재 뇌와 습관의 원리에 의해 최소 3년이라는 기초를 닦는 시간이 필요하고, 그 후로 10년 정도의 숙련이 되어야 어느 정도 숙달이나 깨달음을 얻을 수 있다. 노력하는 정도에 따라서는 20~30년이 걸릴 수도 있다. 스스로 깨치거나 특별한 계기가 없다면, 평생을 걸려도 깨우치지 못하고 갈 수도 있다. 그러므로 일생에서 가장 중요한 결혼이나 직업을 선택하기 전에, 미리 준비하고 시작하는 것이 반드시 필요하다.

그리고 상황의 중요도에 따라서 최소 3개월로부터 몇 년이라는 준비과정이 필요하다. 시작하기 전에 승부가 거의 결정되어 있다. 그런데 대다수의 사람들은 무작정 출발하고 그냥 잘하기만 하면 되는 줄로 생각한다. 하지만 미리 체력, 건강, 꿈과 목표, 성공의 비법과 공식 등을 준비한 사람은 50m 앞에서 출발하는 것과 같고 이러한 준비를 전혀 안 한 사람은 50m 뒤에서 출발하는 것과 같다. 100m 달리기 경주를 한다면 시작할 때 이미 100m의 차이를 가지고 출발하는 것이다. 시작하기 전에 승부는 이미 끝나 있는 것이다.

시작이 반이라고 시작 전이 50%이고, 시작 후 일 년이 40%, 3년이 10%를 결정한다. 즉 시작 후 첫 1년 동안의 발전 속도와 적응 법은 새로운 습관을 형성한다. 그리고 그 후로 90% 이상 그 방식으로 진행된다고 한다. 그리고 3년이 넘으면 습관이 완성되어 그 후로는 거의 그대로 진행된다. 즉 시작 전 사전 정보와 준비 그리고 시작 후 첫 1년과 3년간의 노력과 실천은 평생의 성공과 행복을 결정한다.

명품 학습법

이 방식은 성공한 사람들이 주로 사용하던 방식이다. 즉 자기가 목표로 하는 분야의 영웅과 전설들을 멘토로 삼아 그들의 가르침과 장점을 그대로 따라하는 방식이다. 또는 자기 분야의 달인이나 전문가로부터 그대로 배우고 따라하는 방식이다. 즉 정상으로부터 아래로 내려오며 성공의 공식을 학습하고 실천함으로써 꿈과 목표를 빠르게 이루는 학습법이다. 그런데 21세기는 성공만이 아니라 건강과 행복에서도 안전선을 돌파해야 하는 시기이다. 그러므로 한두 사람의 멘토보다는 필요한 만큼의 분야별 멘토를 정하고 그들의 가르침과 장점을 따라함으로써 21세기 꿈과 목표를 이루는 학습법이다. 존경하는 멘토들의 자신과의 승부에서 승리하는 위대한 길을 분석하여 장점과 가르침을 본받고 배운다면,

자신에게 내재된 훌륭한 자질을 깨우는 데 도움이 될 것이다.

주로 책, 강연, 인터넷 등을 통해 얻는 것이 가장 좋은 방식이다. 그 이유는 과거로부터 현재까지의 최고의 영웅과 전설들의 이야기는 항상 책으로 만들어져 있기 때문이다. 또 한 가지는 자기가 필요한 정보를 얻기 위해 성공한 프로나 전문가의 강연이나 인터넷을 통해 학습하는 방법이다. 21세기 정보의 홍수시대에는 자기가 얻고자 하는 것은 얼마든지 찾을 수 있다. 성공적이고 행복한 삶을 바란다면, 스텝 바이 스텝 방식과 장점 따라쟁이 방식을 동시에 실천하는 것이 효과적이다.

이 방식은 10~20년 정도 걸려야 프로가 될 수 있는 길을 3년 이내로 단축할 수 있는 최고의 21세기 공식이자 비법이다. 이 방식을 택하지 않는다면 스스로 평생을 걸려도 오르지 못할 가능성도 있다. 그런데 이 방식만으로는 부족하다. 기초가 단단한 사람이 정상에 오르더라도 오래 유지할 수 있고, 더 큰 프로너머의 프로가 될 수가 있다. 멘토를 뛰어넘는 최고가 되려면 좋아하거나 존경하는 위대한 멘토를 원하고 필요한 만큼 두고, 그들의 가르침과 장점들을 따라한다면 멘토 뛰어넘기가 가능할 것이다. 또한 21세기 미래를 예측하고 대비하기 어려운 시대가 진행될수록, 건강과 행복의 안전선이나 성공가능성의 문 통과를 안내하는 '21세기 멘토'의 필요성이 증가할 것이다.

'21세기 플랫폼' 학습법

21세기는 너무나 급변하는 시대이다. 위기와 기회가 공존하며 예측할 수 없을 정도의 속도로 진행되고 있다. 그러므로 21세기는 고용의 위기를 극복하고 건강과 행복의 안전선을 통과하기 위한 새로운 학습법이 필요한 시대가 왔다. 왜냐하면 과거 하위 20%를 제외하고는 안전지대였던 안전선이 50%(2050년경에 시작될 것으로 예상되는 5차 산업혁명 시대)를 지나 상위 20%(2100년경에 시작될 것으로 예상되는 6차 산업혁명 시대)로 재조정될 것이다. 그리고 최상위 5%의 성공가능성의 문은 열렸다 닫혔다 하기도 하고 그 위치가 조금씩 변하기도 하며 새로운 방식으로 변화무쌍하게 달라지고 있다. 그러므로 위 두 가지 방식으로만은 21세기 20% 안전선과 상위 5%의 성공 가능성의 문을 통과하기가 어려워질 것이다.

그래서 그에 대처하는 새로운 학습법인 '21 플랫폼 학습법('3플러스 원')'이 필요한 시대가 되었다. 삶은 언제든 건강과 행복 그리고 성공과 행운의 플러스·마이너스 게임이다. '3플러스 원' 플랫폼 학습법이란, 건강과 행복 그리고 성공 세 가지에 더해 행운의 플랫폼을 의미한다. 여기서 플랫폼이란, 21세기 건강과 행복 그리고 성공과 행운의 게임 공식(아래의 표 참고)을 쉽게 압축해 놓은 것이다. 그렇게 함으로써 위에서 아래로 아래서 위로 학습에서 부족한 중간 부위에서, 상하좌우로 학습하는 새로운 방식인 플랫폼 학습법을 추가하는 방식이다.

〈건강과 행복 그리고 성공을 이루는 '플러스 인생 · 게임 공식' I〉

		게임 종목 (무대, 목표)	게임 방식	게임 룰	플러스 게임 선수의 선서(공약) (건강 · 행복 · 성공을 이루는 베스트 습관)
3% 플러스 인생	행복	가정 (결혼, 화목)	지는 것이 이기는 게임	강한 사람, 잘하는 부분 등 더 센 사람이 져 주는 게임	상대를 기쁘고 행복하게 하는 말과 행동을 할 것을 선서(공약)!
	성공	일, 직업 (프로)	이기는 게임 (자신과의 승부)	어제보다 나은 오늘의 나 (발전과 풍요)	일상의 (크고, 작은) 모든 일을 즐기며 최선을 다할 것을 선서(공약)!
	건강	내 몸과 마음 (웰빙, 치유)	사랑과 긍정 게임 (자기 계발)	긍정의 힘과 좋은 습관 기르기 (성장과 발전 그리고 퇴화)	나와 상대를 있는 그대로 받아들이고 존중할 것을 선서(공약)!

〈건강과 행복 그리고 성공을 이루는 '플러스 인생 · 게임 공식' II〉

		게임 점수: 기본 + 특별(보너스) = 득점 (1부 '플러스 리그' 선수의 실력 평점)	게임의 최고 벌점 (2부 리그 강등조건)	플러스 게임의 승부를 결정하는 필수 키 (상위 3% MVP를 결정하는 황금키)
3% 플러스 인생	행복	감사, 웃음, 칭찬 + 결심 · 선택 (행운, 인품, 배려, 기쁨, 인내, 존중, 친절, 자존감, 독서, 매력, 명상, 봉사)	화내면 지는 게임	긍정의 언어습관 + 건강 + 행복감 · 선언 (그럼에도 불구하고 긍정, 감사 카드, 가족 회의, 21세기 플러스 알파 비법 21)
	성공	감사, 웃음, 칭찬 + 노력 · 성실 (행운, 인품, 배려, 기쁨, 인내, 존중, 친절, 자존감, 독서, 매력, 명상, 봉사)	같으면 지는 게임 (어제의 나, 상대)	성공적인 대인관계 + 건강 + 성공이미지 (그럼에도 불구하고 긍정, 꿈과 목표 카드작성과 관리, 자기 긍정의 확인)
	건강	감사, 웃음, 칭찬 + 결심 · 선택 (행운, 인품, 배려, 기쁨, 인내, 존중, 친절, 자존감, 독서, 매력, 명상, 복사)	웃지 않으면 지는 게임	일상의 플러스 습관 + 운동 + 건강감 · 선언 (그럼에도 불구하고 긍정, 용서카드, 21세기 식생활습관 정보와 학습 체험)

🅜 나와 우리를 바꾸는 습관의 시크릿

〈21세기 행운을 끌어당기는 '행운의 여신' 게임 공식〉

		게임 종목 (무대, 목표)	게임 방식	게임 룰	플러스 게임 선수의 선서(공약) (건강·행복·성공을 이루는 베스트 습관)
삶의 학교 · 상위 3% 플러스 인생	행운	내 삶과 운명 (행운의 여신; 선물·축복)	받는 게임(다른 사람이 내게 주는 게임, 95% 자연, 우주, 하늘 등은 공평) [행운의 여신 → 준비된 사람 → 행운의 화살]	숨은 그림(행운) 찾기 [찾는 것이 무엇인지 알고 찾기 → 있다고 믿고 찾기(선물·축복) → 자주 찾으면 쉽게 발견]	1. "어제보다 나은 오늘! 나는 모든 것이 점점 더 좋아지고 있다!" 2. "나는 항상 운이 좋아! 모든 것이 다 잘될 거야!" 3. "나는 할 수 있다! 나는 무엇이든 될 수 있고, 이룰 수 있다!"
		행운의 여신이 떠나는(지는) 조건	행운의 화살을 끌어당기는 비법(준비된 사람)	승부를 결정하는 필수 키 기본 + 특별(보너스) = 득점	상위 3% MVP를 결정하는 황금키
		1. 즐겁지 않으면 지는 게임 (평소에 기쁜 마음 좋은 감정 유지가 관건; 긍정의 힘) 2. 남 탓이면 지는 게임 (내 삶에서 일어나는, 모든 문제는 100% 내 책임이다)	1. 표적지(목표)를 잘 보이게 뚜렷하게 세우기 2. 항상 감사하는 마음으로 밝게 웃고, 주변을 깨끗이 정리하여, 표적의 안몸과 마음)과 밖(청소와 정리)을 환하게 밝히기 3. 자신과 삶의 모든 것을 사랑(하트)하고, 발전과 풍요의 향기를 풍기는 매력적인 사람	'감사, 웃음, 칭찬' (모든 것에서 빛 향기를 정화) + 배려 최선, 행운감 선언 기쁜 마음 좋은 감정 (21세기 건강 행복 성공을) 이루는 게임공식 실천; 좋은 생각, 말, 긍정의 언어습관, 성공적인 대인관계, 일상의 플러스 습관. 매력, 열정, 성실, 노력, 봉사, 나눔, 청소, 정리, 목표, 도전, 변화. 그럼에도 불구하고 긍정)	"자연과 우주의 법칙과 삶의 지혜" (뿌린 대로 거둔다. 하늘은 스스로 돕는 자를 돕는다. 대접받고 싶은 대로 대접하라. 공짜는 없다) "삶의 학교 & 상위 3% 플러스 인생" (긍정의 힘 + 좋은 습관 + 플러스 알파) "21세기 플러스 알파, 비법 21" (나를 사랑하는 법, 나를 바꾸는 법, 상대를 바꾸는 법, 꿈과 목표를 이루는 법, 습관을 바꾸는 법, 잠재의식의 작동원리, 긍정의 3-3-3 법칙)

21세기의 아무리 급변하는 성공 가능성의 문이라도, 세 방향에서 동시에 치고 들어간다면 언제든 대처할 수 있는 능력을 갖출 수 있을 것이다. 그러므로 21세기에 이 세 가지 학습 방식을 동시에 추구하고 사용한다면, 어떠한 문제나 어려움이 닥치더라도 실마리를 풀 수 있는 가능성을 높일 수 있다. 문제 발생시 우선적으로 세 가지 플랫폼으로부터 점검하고 개선함으로써 쉽고 빠르게 헤쳐

나갈 수 있을 것이다. 21세기가 진행될수록 고용의 위기와 건강과 행복의 위기는 심해질 것이다. 하지만 이처럼 불확실성의 시대가 다가올수록 상위 20%의 안전선에 다다르기 위한 플랫폼 학습법은 빛을 발할 것이다. 앞으로 어느 시대이건 어떤 불확실성이 다가오든, 앞서고 다른 플러스 5%의 마인드와 실력을 갖춘다면, 언제든 위기와 경쟁을 통과하여 기회를 잡을 수 있을 것이다. 21세기 '위기와 기회'의 경쟁시대를 거쳐, 22세기 '생존과 번영' 게임에서 승리하려면, 새로운 사고력과 행동양식의 학습과 적용이 요구된다.

〈1〉 21 행복 게임 플랫폼

① 행복 나: 매사에 감사하는 기쁨과 나와 상대에 대한 장점 칭찬 습관, 좋은 것을 기억하고 말하려는 긍정의 언어습관 갖추기
② 행복 · 가정: 상대를 기쁘고 행복하게 해 주거나 편하게 해 주기 위해, 져 주는 게 이기는, 화내면 지는 칭찬과 배려 게임
③ 행복감: 현재 자신이 느끼고 있는 행복 감정(나는 항상 행복을 선택한다!), 스스로 선택과 결정(현재도 행복하고, 앞으로 더 행복하겠다는 긍정 마인드)

〈2〉 21 성공 게임 플랫폼

① 성공 나: 어제보다 나은 오늘의 나, 앞서거나 다른 플러스 5% 습관(감사, 웃음, 칭찬 / 인사, 대답, 질문)과 좋은 인품 만들기

나와 우리를 바꾸는 습관의 시크릿

② 성공 프로: '21 꿈과 목표'와 '성공적인 대인관계' 등 '21세기 플러스 공식과 비법' 준비, 현재하고 있는 그 일을 즐기며 최선을 다해 이기는, 같으면 지는, 성공 프로 달성 게임

③ 성공감: 꿈과 목표에 따른 미래의 성공 이미지('나는 할 수 있다!', 성공한 사장 마인드), 첫 마음 간직과 유종의 미 거두기(만일, 한 달 후가 언젠가 은퇴하는 날이라면, 나는 지금 이 일을 어떻게 하겠는가?)

〈3〉 21 건강 게임 플랫폼

① 건강 · 체력 나: 일과 삶을 즐길 수 있는 충분한 몸 · 체력 갖추기, 성공 프로과 행복 가정을 이루는 마음 · 체력(성격과 인품)을 기르는 위대한 하루공식 5 실천하기

② 건강 · 장수: 있는 그대로 받아들이고 존중하기와 그럼에도 불구하고 긍정(스트레스 해소) 그리고 식생활습관과 절제의 이기는 게임, 웃지 않으면 지는 웰빙과 치유 게임

③ 건강감: 현재 나 자신이 믿고 있는 몸과 마음의 면역력과 치유력의 수준과 높이(나는 항상 최고의 명의와 함께 있다!)

〈4〉 21 행운 게임 플랫폼

① 행운 나: '감사, 웃음, 칭찬' + '미소, 친절' +'청소, 정리' / 마법과 기적을 이루는 행운의 요술봉 '그럼에도 불구하고'

② 행운의 여신: 즐겁지 않거나 남 탓하면 지는, '매사에 감사하는 기쁜 마음과 모두가 다 잘되기를 바라는 좋은 감정'으로 받는 선물과 축복 게임(나는, 얼마나 사랑하고, 사랑을 배달하며 살아가고 있는가?)

③ 행운감: 현재 자신이 느끼는 행운 감정(나는 항상 운이 좋다!)과 스스로 돕는 준비된 사람

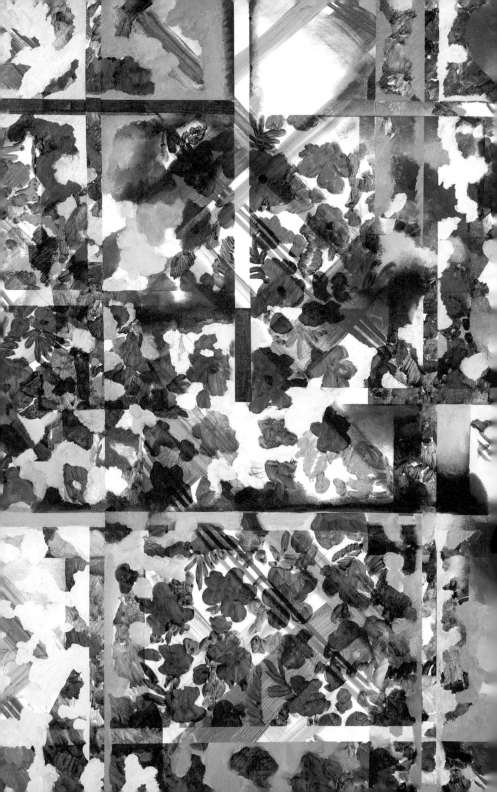

내 발전과 풍요한 삶의 자가진단법

21세기 들어 모두에게 공개된 정보 중에 기회의 문을 통과할 가능성을 높이는 7가지 비책이자 필요충분조건이 있다. '21세기, 5% 성공 가능성의 문을 통과하는 7단계 비법'은, 상위 5% 플러스 인생으로 진입하게 하는 지름길이다. 7단계 비법은, 개인적인 학습의 정도나 각자의 상황에 따라서, 순서나 중요도가 달라질 수도 있을 것이다. 인도의 간디는 '영원히 살 것처럼 배우고, 내일 세상을 떠날 것처럼 살아라'라는 명언으로 우리에게 영원한 교훈을 주고 있다. 즉 삶은 영원히 학습하고 배워야 하는 학교이고, 인생은 항상 자기 자신과의 승부에서 이기고 지는 즐거운 게임이다.

1단계: 21 꿈과 목표

꿈과 목표는 내 삶의 모든 좋은 것의 시작점이자 도착점이다. 그러므로 꿈과 목표가 작성되지 않았다면, 이번 생에 제대로 된 출발이나 원하는 장소에 도착되는 일도 없을 것이다. 언제든 꿈과 목표를 세울 때, 장점과 좋아하는 일을 최우선으로 고려해야 하는 것은 불변의 진리이다. 그런데 21세기 질병과 경쟁의 시대에서는 그에 더해, 항상 성공과 행복 그리고 건강을 동시에 추구해야 한다. 그리고 직접 손으로 써서 잘 보관해야 하고, 인체의 성장발달과 퇴화시기에 맞추어 정기 점검과 관리가 관건이다. 동기부여의 대가인 지그 지글러는 '눈에 보이지 않는 목표물은 맞출 수 없으며, 존재하지 않는 목표는 볼 수가 없다'라고 했다. '21 꿈과 목표'는 성공 가능성의 문을 통과하여 플러스 인생 진입을 위한 첫 번째 관문이다.

각종 연구에 따르면, 꿈과 목표를 적고 관리한 사람이 훗날 상위 5% 이상의 플러스 삶을 살아갈 가능성이 높다고 조사되었다. 그리고 그들 최상위 3%는 나머지 97%가 가진 것보다 더 많은 좋은 것들을 성공적으로 가지고 누리며 사는 것으로 밝혀졌다. 21세기는 성공과 행복 그리고 건강을 동시에 추구해야 하는 위기와 기회의 경쟁 시대이다. 하지만 일단 세 가지 모두 상위

20%의 안전선을 넘는 것을 1차 목표로 정한다. 그리고 각자 자신의 생각이나 상황 또는 시기에 따라서, 그중에서 자신이 가장 필요하거나 원하는 한 가지를, 그때그때 선택해서 상위 5%를 최종 목표로 삼는 것이, 더 바람직한 실천계획이 될 수 있다.

2단계: 정보 선택의 지혜와 우선순위 설정

상위 5%의 성공적이고 행복한 삶을 이루기 위한 두 번째 관문은, 필요한 정보 선택과 삶의 우선순위를 제대로 설정하고 실천하는 것이다. 우선 꿈과 목표가 설정되었다면, 그에 필요한 정보를 수집하기 위해 책, 전문가, 강연, 인터넷 등을 지혜롭게 선택할 가능성이 높다. 꿈과 목표가 없다면, 살아가며 보고 듣고 학습하는 중요 정보들이 그대로 흘러가 버릴 것이며, 삶의 우선순위를 올바르게 선택할 수도 없다. 그리고 상황과 시기에 맞는 실천 계획의 우선순위 설정은, 꿈과 목표를 최단시간에 이루게 하는 지름길이다. 그 실천의 우선순위는 첫째 투자하는 시간 배정, 둘째는 만나는 사람에 대한 조정, 셋째는 실천의 원-투-스리를 미리 정하는 것이 효과적이다. 그 실천의 우선순위인 원-투-스리는 꿈과 목표, 좋아하거나 잘하는 것, 건강과 행복 그리고 성공 등을 고려해서 정한다.

그런데 많은 사람들이 안타깝게도 이 우선순위 설정과 실천의 단계에서 꿈과 목표의 도전에 실패를 하고 만다. 새로운 발전과 풍요의 플러스 계단에 오르려면, 자기계발을 위해 시간과 정성을 쏟아야 하기 때문에, 그만큼 줄이거나 늘려야 하는 것도 발생하기 때문이다. 그러려면 그동안 해 오던 말과 행동 등 각종 삶의 마이너스 방식과 습관을 벗어나거나, 그동안 만나 오던 사람이나 즐겨하던 일들에서의 변화와 탈출을 용기 있게 시도해야 한다. 이처럼 더 좋은 것을 얻고자 한다면, 항상 그만큼 내려놓거나 비워야 하는 것도 기억해 두어야 한다. 언제나 같은 방식과 습관을 그대로 반복하면서, 성공과 행복의 계단을 끌어올리는 것은 불가능하기 때문이다. 정보의 홍수시대에 지혜로운 정보 선택과 실천 계획의 최우선 순위인 원-투-스리 설정에는, 앞에서 살펴본 '21세기, 건강 · 행복 · 성공과 행운 게임의 플랫폼' 정보를 참고로 하면 좋을 것이다.

3단계: 자기 계발 노력

운명과 미래는 자신이 선택하는 것이라고 한다. 스스로 만든 좋은 습관의 개수와 좋은 인품의 범위만큼, 성공과 행복 그리고 건강이 결정되기 때문이다. 그래서 꿈과 목표를 이루려면 자신과의 승부(어제보다 나은 오늘의 나)를 통해 '플러스 5%의 좋은 습관'을 늘려 나가야 한다. 이때 습관의 최우선순위인 필수 키(감사, 웃음, 칭찬, 인사, 친절), 황금키(긍정의 언어습관, 성공적인 대인관계, 내 인생의 3대 공식과 계획표), 3대 베스트 습관 등에 대한 정보를 참고로 한다면 효과가 높을 것이다. 습관은 시간이 지나며 성격과 인품으로 성장한다. 그리고 일상생활에서 '그럼에도 불구하고 감사', '화낼 일 참고 용서하기' 등 긍정의 전환능력이 성격과 인품을 발전시킨다. 좋은 습관과 인품은 삶의 질과 성공의 계단을 결정한다.

삶을 한 단계 더 플러스로 발전시키고 싶거나, 어려운 문제에 부딪혔다면 우선적으로 현재까지의 습관과 인품을 재점검하고 개선해야 한다. 그리고 좋은 사람과 축복이 내게 다가오기만을 기다리기보다, 내가 먼저 좋은 사람이 되도록 노력하여 품격과 가치를 높이면, 꿈꾸던 삶과 바라는 사람과 상황이 끌어당겨진다. 21세기는 소비의 시대이자 고객 감동의 시대이다. 그러므로 성공과 행복의 조건으로 매력이 필요하다. '21 명품 매력'이란 실력과 더불어 좋은 습관과 높은 인격을 갖추는 것이다. 세계적으로 명품이 인기를 끌고 있다. 이제는 사람에게서도 명품이 매력을 결정하는 시대로 진행되고 있다.

4단계: 21세기 플러스 공식과 비법

21세기는 정보의 홍수의 시대이자 위기와 기회의 시대이다. 그리고 예측을 불허할 만큼의 속도로 모든 분야에서 빠르게 발전과 쇠퇴가 이루어지고 있다. 그래서 전문가와 국가도 급변하는 21세기 변화의 추세를 따라잡기가 어렵다. 개인이 위기와 기회의 시대에서 기회를 선택하기는 더욱 힘들다. 그렇기 때문에 항상 상황에 따라 대처하고 기회를 선택할 수 있게 이끌어 주는 책, 강연, 성공 프로, 멘토 등을 갖는 것은, 성공과 행복의 21세기 내비게이션을 갖추는 것과 같다.

21세기는 성공과 행복 그리고 건강의 정상을 이룬 '21 명품·멘토'를 발전 모델로 삼는 것도, '21 꿈과 목표'를 이루는 최고의 비법 중에 하나이다. 각 분야별 소영웅과 전설들에 대한 '장점 따라쟁이(명품 학습법)'가, 바라는 꿈을 이루는 가장 쉽고도 빠른 길이기 때문이다. 그리고 존경하는 멘토를 남성과 여성으로 각각 한 사람 이상으로 두는 것이 좋다. 그러면 지구의 반을 차지하고 있는 자신의 배우자나 반대의 성을 어려워하거나 무의식적으로 무시하는 성향을 줄일 수 있다. 질병과 경쟁의 시대적 상황에서 위기를 극복하고 기회를 잡으려면, '21세기 플러스 공식과 비법'을 학습해 두어야 한다. 대표적인 것으로는 '나를 바꾸는 법,

상대를 바꾸는 법, 잠재 뇌와 습관의 원리와 특성, 긍정의 언어습관, 성공적인 대인관계, 위대한 하루 공식 5, 긍정의 3-3-3 법칙…' 등이 있다.

5단계: 오늘 하루의 삶에 적용하는 능력

오늘 하루의 행위가 운명과 미래를 결정한다. 하루가 모여 한 달이 되고, 일 년이 되고, 일생이 된다. 잘살고, 잘되고, 건강한 모든 것들이, '오늘 하루를 어떻게 살아가느냐?'에 따라, 그 결과가 달라진다. 무슨 일을 시작하든 항상 내일부터가 아니고, 언제나 내 운명과 미래를 결정하는 가장 중요한 날인, 오늘 지금 이 순간부터의 중요성을 잊지 않고 살아야 한다. '과연, 오늘 하루를 어떻게 살아야 꿈과 목표를 이루고 플러스 인생이 될 수 있을까?' 오늘 하루에서 가장 중요한 것은 '성공적인 대인관계'와 '긍정의 언어습관' 그리고 '위대한 하루공식 5'의 실천이다. 즉 이 세 가지가 내 인생의 황금키이다. 어제보다 나은 오늘의 나와, 앞서거나 다른 하루를 어떻게 살아갈 것인가를 연구한다면, 그것이 꿈과 목표를 이루는 위대한 일생이 될 것이다.

또 한 가지 상위 3%의 성공 가능성의 문을 통과하는 성공적인 하루를 살아가는 최상위 비법은, 일상의 크고 작은 일들을 즐길 줄 아는 능력을 갖추는 것이다. '이번 생에 가장 후회하는 것'과 '만일 한 번 더 기회가 주어진다면 어떻게 살고 싶은가?'에 대한 각종 설문조사에서, 항상 압도적으로 많은 답변이 '즐겁게 살고 싶다!'였다고 한다. 아침마다 '오늘도 멋진 하루, 오케이!', '즐겁고 새로운 나, 예스!'로 즐겁고 활기차게 눈을 뜨고, 잠들기 전에 '그럼에도 불구하고, 오케이!', '그럼에도 불구하고, 예스!'와 '덕분에, 감사합니다!', '이루어 주셔서, 감사합니다!'로 오늘 하루의 문을 긍정과 감사로 닫는 좋은 습관이 필요하다.

이처럼 꿈과 목표를 이루려면, 우선 오늘 하루의 중요성을 잊지 않는 것과, 항상 자신에게 '오늘 하루를 어떻게 성공적으로 살아갈 것인가?'를 스스로 묻고 점검하는 습관이 필요하다. 모든 문제의 해결책은 항상 다른 사람이나 환경이나 조건을 탓하는 데 있지 않고, 내 안에서 원인과 해답을 찾아야 해결될 가능성이 존재한다.

6단계: 인풋과 아웃풋 점검과 발전

운명과 미래를 결정하는 것은 하루의 삶이다. 그런데 그 하루의 삶을 결정하는 것은 내 삶으로 다가오는 일과 상황과 사람에 대한 받아들이고 대처하는 방식과 습관인 인풋과 아웃풋이다. 그 인풋과 아웃풋에는 각자 자신의 발전과 성장을 결정적으로 가로막고 있는 생각과 행동 그리고 습관과 인품의 벽을 가지고 있다. 인풋과 아웃풋을 점검하여 자신이 스스로 만들어 낸 각종 한계의 벽들을 발견하고 돌파한다는 것은, 태어난 잠재력을 최대로 발휘하는 것이고, 주어진 운명과 미래를 극복하는 임계점을 넘어서는, 이번 생에 자신과의 승부에서 위대한 승리자가 되는 길이다. 그런데 대다수는 자신의 운명과 미래를 결정하고 있는 가장 중요한 인풋과 아웃풋 그리고 그 안의 각종 한계의 벽들을, 자주 들여다보고 점검하여 개선하려 하지 않는다.

그 이유는 사람들은 대다수가 자신이 항상 세상의 가치 기준에 더 가깝고, 그래도 내 생각은 옳은 편이며, 지금 하고 있는 일도 잘하는 편이라는 일종의 한계의 벽인 세 가지의 중대한 착각 속에서 살아가고 있다. 이것은 사람들의 변화와 발전을 결정적으로 가로막고 있는, 생각의 벽이자 한계를 구성하고 있는 '보통 사람들의 3대 착각 사항'이다. 일종의 '공주병이나 왕자병'으로 진단되는 착각 증상으로 가끔은 필요하기도 한 불치병 중의 한 종류이다. 그리고 실제로 가장 큰 문제점은, '너무 어려워, 안 될 거야!', '글쎄, 할 수 있을까?', '그게 될까?' 등 발전과 풍요의 삶을 가로막고 있는 각종 부정적인 한계의 벽들을 알게 모르게 가지고 있다는 점이다. 그렇기 때문에 특별한 계기가 없다면, 자신이나 현재의 삶을 바꾸거나 개선하려 하지 않는다. 그래서 항상 소크라테스의 나 자신을 제대로 파악하는 것으로부터 시작해야, 변화와 발전이 시작된다.

세 살 버릇 여든 간다고 한다. 잠재 뇌와 습관의 원리와 특성에 의해, 자신과 외부의 일을 받아들이고 대처하는 인풋과 아웃풋의 방식은 웃고, 울고, 화내는 등 삶의 모든 일은 그때그때 결정되는 것이 아니라, 미리 잠재 뇌에 입력된 습관의 방식으로 진행된다. 자신이 밖으로 하는 아웃풋인 칭찬, 인사, 감사 등은 잘 해야 한다는 것을 알고 있고, 신경 써서 잘 하려고 노력도 한다. 상대로부터 인사나 칭찬을 받았을 때, 받아들이는 인풋의 방식은 별로 신경을 쓰지 않는다. 그런데 잘 받는 것도 주는 것만큼 중요하다. 만일 상대가 칭찬이나 인사를 먼저 하면, 더 친절하고 감사한 미소로 잘 받아야, 앞으로도 그러한 좋은 상황을 계속 유지하게 된다. 주는 아웃풋이나 받는 인풋이 똑같이 중요한데, 어느 한편을 점검하고 관리하지 않은 채 살아간다. 내 인생의 인풋과 아웃풋의 반쪽만 신경을 쓰고 어느 쪽이든 반을 무시한다면, 50% 이상의 점수를 받기는 힘들 것이다.

나와 우리를 바꾸는 습관의 시크릿

오늘부터 내가 하고 있는 말과 행동 그리고 습관을 잘 관찰하여, 각종 한계의 벽들을 발견하고 개선하려고 노력해야 한다. 그리고 지나온 삶의 순간들에서 자신이 한 과거의 선택과 결정들을 자세히 들여다보면, 많이 부족했던 인풋과 아웃풋의 순간들이 떠올라 쓴웃음을 짓게 될 것이다. 내가 알게 모르게 가지고 있는 인풋과 아웃풋의 문제점들과 각종 한계의 벽들을 점검하고 발전시키는 일은 위대한 일이다. 어쩌면 이 일은 내 삶을 즉각적으로 좋은 쪽으로 방향을 전환하게 하는, 최고의 공식이자 비법이 될 수 있다.

그리고 그 일은 우물 안의 개구리를 벗어나, 새로운 깨달음의 관문들을 발견하고 통과하는 길이다. 예수, 부처, 마호메트, 공자, 소크라테스와 같은 세계 5대 성인도, 한계의 벽을 돌파하는 깨달음을 얻기 위해 전심전력으로 정진하여 위대한 성인의 반열에 들어섰다. 부처님과 공자는 깨달음을 목숨보다 가치 있고 소중한 것이라고 하셨다. 한계의 벽을 돌파하는 것은 깨달음의 관문들을 하나둘 통과하는 길이고, 자신과의 승부에서 승리하는 비법이다.

7단계: 자기 관리와 실천력

자기 관리는 꿈과 목표를 이루고, 발전과 풍요의 상위 3%의 플러스 삶에 진입하는 최후의 관문이다. 그러려면 자신의 일생과 주요 일정들에 대한 숲과 나무를 한 장의 그림으로 그릴 줄 알아야, 삶 전체에 대한 직관과 통찰력이 생긴다. 21세기는 성공과 행복 그리고 건강이라는 숲을 가지고 그에 필요한 주요 일정과 목표와 계획 그리고 특별한 상황과 사건들이라는 나무를 심고 가꾸어 가야 한다.

그러려면 우선 삶의 학교의 5단계(학습의 학교-경험-성숙-결실-오계절) 일정과 성장발달의 3차 터닝 포인트(6,7세 사랑의 물 주기-15,6세 칭찬 물 주기-21세 감동 물 주기)와 3단계 건강의 계단(25세, 제1건강의 계단 / 40세, 제2계단 / 60세, 제3계단)을 알아야 한다. 그리고 3단계 플러스 인생과 프로의 3단계 등을 참고로 대입하는 실력을 갖추어야 한다. '21 꿈과 목표, 감사·용서 카드, 내 일생의 보물지도' 등을 내 인생의 예비-출발-중간-최종 점검 등 삶의 학교와 오계절 그래프의 4대 점검 포인트 일정에 맞추어 관리를 지속하는 것은, 꿈을 이루는 필수 과정이다.

위에서 말한 모든 것이 잘 되어 있어도, 반드시 한 가지 더 필요한 것이 있다. 습관은 처음에는 자신이 만들지만, 일단 완성이 되면, 그 후로는 습관의 노예로 살아간다. 무슨 일이든 항상 첫 3개월의 시작이 승부의 분수령이고, 이 시기에 습관의 씨앗이 형성된다. 그리고 모든 일은 최소한 3년 정도 지속해야 잠재 뇌에 습관의 폴더가 정식으로 형성된다. 그러므로 첫 3개월과 최소 3년을 지속할 수 있는 끈기와 열정이 없다면 습관의 폴더는 완성되지 않는다. 그리고 한번 완성된 습관의 폴더는 그것을 반복해서 사용하고 경험이 쌓일수록 신경세포의 피막(미엘린)이 두꺼워져 전달속도가 수백 배로 빨라진다. 이것이 그 분야의 성공 프로를 이루는 필수과정이다.

말콤 글래드웰은 그의 책 '아웃라이더'에서 일만 시간의 법칙 이라 하여, 어떤 분야에서든 최고의 경지에 오르는 데는 최소 그 정도의 시간이 걸린다고 이야기하고 있다. 그러면서 일만 시간 이란 하루에 평균 3시간씩 10년 정도가 흘러야 된다고 한다. 이 처럼 '꿈과 목표 카드', '감사용서 카드', '내 일생의 보물지도' 등을 3년 정도 꾸준히 작성한 후, 그 후로는 언제든 특별한 날이나 일 년에 몇 번 정도 작성해도 된다. 그렇기 때문에 첫 3개월과 3년 이라는 세월을 열심히 갈고닦는 가장 어려운 관문을 통과한 사람으로, 총 10년 이상을 식지 않는 열정과 최선을 다하는 정성으로 지속하면, 그 분야의 최고인 성공 프로 또는 달인이라는 칭호가 주어지게 된다. 이처럼 항상 설렘과 의욕에 가득 차서 출발했던 첫 마음의 간직과 언제든 한 달 후면 이 일을 은퇴한다는 아쉬운 마음으로 최선을 다해 유종의 미를 거두려는 훌륭한 자세가 성공과 행복의 황금키이다.

삶의 모든 것은 자신이 선택하고 결정한 것이다. 성공 프로와 마찬가지로 행복 가정을 이루는 과정도 습관의 씨앗이 형성되는 첫 3개월과 습관의 폴더가 완성되는 3년이 가장 중요하다. 한 가지 더 기억해 둘 특별사항은, 내 삶에서 크고 중요한 일일수록, 그 일을 시작하기 최소 3개월 이전부터, 철저한 준비와 마음가짐을 갖추어야 한다. 결혼, 직업, 시험 등 크고 중요한 일들은, 시작을 하기 전에 이미 승부의 반 이상이 결정된다. 그러므로 성공적인 시작의 진정한 의미는, 시작하기 3개월 전부터 출발 후 3개월까지를 의미한다고 볼 수 있다. 운동선수가 시합하기 전에 상대팀에 대한 특징이나 주요 정보 등을 미리 파악하고, 그에 대비한 작전계획을 수립하고 반복 연습 등 철저한 준비를 하는 것이 승리의 확률을 많이 높일 것이다.

그리고 건강도 성장발달의 3차 터닝 포인트나 3단계 건강의 계단에 맞추어, 올바른 식생활습관과 긍정의 힘을 기르고, 근육의 퇴화가 시작되는 30세 이전까지는 일생을 건강하게 살아갈 체력을 길러 두어야 한다. 잠재 뇌의 원리와 특성에 의해 생각하고 말하는 것보다 쓰는 것이 훨씬 더, 쓰는 것보다 암기하는 이미지 영상법이 훨씬 더 실천력이 강하다. 그러므로 과거-현재-미래의 모든 일과 일정들을, 마음속에 한 장의 그림으로 설치하고 관리해 나간다면 효율적인 점검과 실천력에 도움이 될 것이다. 모든 일은 항상 원인과 결과의 법칙에 의해 일어나고, 자신의 운명과 미래는 자신이 선택한 것이다. 행운의 여신은 언제나 준비된 사람을 향해 선물과 축복의 화살을 보내 주고, 하늘은 항상 스스로 돕는 자를 돕는다.

세상에 좋은 모든 일들은 긍정의 법칙에 따라 움직인다. 인류의 영웅과 전설 그리고 발전과 풍요의 역사를 돌아볼 때, 특별한 공통점과 재미난 사실이 있다. 하늘의 사랑축은 주로 감사, 존중, 칭찬, 감동 등으로 선택되고 발전하였다. 하늘에 선택 받은 개인이나 국가는 다시 말하면 영웅과 전설을 배출한 개인과 나라로 평가받을 수 있다는 점이다. 축복받은 개인이나 국가라면 영웅과 전설을 만들어 낼 만큼의, 강력한 하늘의 사랑축이 존재한다는 증거이기 때문이다.

삶의 진리 /
자연과 우주의 법칙

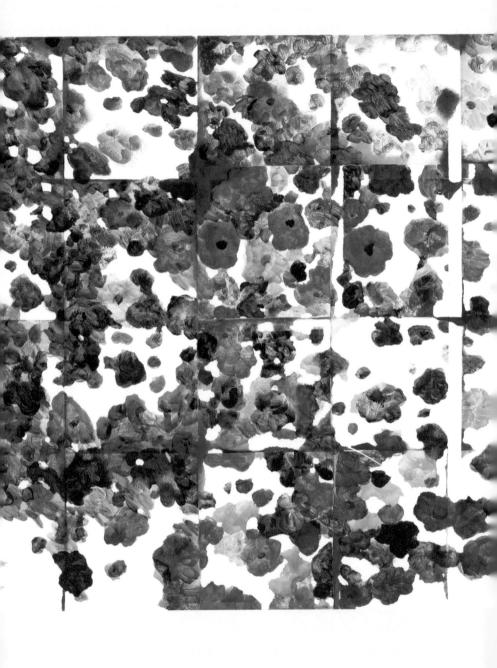

삶의 진리 /
자연과 우주의 법칙

삶의 진리

    수천 년을 내려오는 동안 영원한 성공과 행복의 공식과 비법으로 인정받은, 삶의 지혜와 진리들이 있다. 이를 자신의 삶에 대입하는 것은, 꿈과 목표를 이루는 훌륭한 일이 될 것이다. 시대, 사람, 환경 등에 따라 조금씩 차이 나게 대입되고, 결과가 다를 수도 있다. 그렇지만 앞으로도 오랜 세월 우리의 삶에 우선 순위로 적용될 것이다. 그 밖에도 명언과 속담, 책과 인터넷, 역사와 분야별 영웅과 전설, 위인과 5대 성인 등에서도 배울 수 있다. 성공적이고 행복한 삶을 위해, 영원히 기억해 두어야 할 7가지 진리를 선정했다.

〈1〉 뿌린 대로 거둔다

세상 모든 일은 원인과 결과의 법칙에 따른다. 가장 널리 알려진 대표적인 삶의 지혜와 진리이다. 건강과 행복 등 삶의 모든 것들은, 자신이 뿌린 대로 돌려받은 것이다. 현재의 운명은, 과거 자신의 선택과 결정이 쌓인 결과물이고, 미래도 현재 행위의 수확물이다. 내가 먼저 씨앗을 뿌리면, 언젠가 숙성이 되어 좋은 수확물을 계속 거둘 수 있게 된다. 내가 먼저 뿌려야 거둘 수 있고, 좋은 씨앗을 뿌릴수록 더 좋은 열매를 거둘 수 있다. 그런데 곧바로 돌려받을 경우도 있지만, 보통은 3년은 지나야 향기롭고 빛나는 열매를 수확하기 시작한다. 한번 수확이 시작되면 그 후로 평생 동안 받는 경우가 많다. 결국 자신의 습관이나 인품이 운명과 미래를 결정한다. 그러므로 자신에게 일어난 부정적인 일이나 문제에 대해, 상대를 탓하거나 조건이나 환경을 탓해서는 해결되지 않는다. '모든 일은 내 탓이다'에서 문제 해결의 가능성이 시작된다. 오늘 하루를 어떠한 선택과 결정으로 지내는가에 의해, 시시각각으로 운명과 미래가 방향을 전환하고 있다.

〈2〉 하늘은 스스로 돕는 자를 돕는다

하늘은 언제나 스스로 하고자 하는 사람을 도울 수 있다. 세상은 저절로 이루어지는 것이 아니다. 잘 익은 감이 내 입으로 떨어지기를 기다리고 있지 말고, 스스로 좋은 감을 선택해서 따야 한다. 그래야 원하는 목적을 이루게 될 것이다. 하늘이 아무리 돕고 싶어도 본인이 스스로 하고자 하는 의지와 실천이 없다면, 도와줄 수가 없다. 스스로 목표를 세우고, 용기 있게 실천하는 사람에게 하늘이 축복과 행운을 선물할 수 있을 것이다. 언제든 준비된 사람에게 삶의 좋은 일들이 발생하게 된다. 스스로 준비된 사람이란, 지속적인 자기계발과 실천을 하는, 노력하는 사람을 뜻한다. 직업이나 일을 시작하기 전에 성공 프로를 이루는 꿈과 목표와 성공적인 대인관계 등의 성공 공식을 준비한다. 그리고 결혼하기 전에 행복한 가정을 이루는 긍정의 언어습관 등 행복의 플랫폼 정보를 지혜롭게 준비하고 실천한다. 또한 성공과 행복을 이룰 건강과 체력도 미리 길러 두는 현명한 사람은 '21세기의 스스로 돕는 자'라 할 수 있다.

〈3〉 대접받고 싶은 대로 대접하라

내가 먼저 변해야, 상대와 세상이 바뀐다. 사람들은 누구나 인정받고 존중받고 싶어 한다. 그런데 세상일은 모두 원인과 결과의 법칙으로 이루어진다. 뿌린 대로 거두는 삶의 진리에 의해, 내가 먼저 대접받고 싶은 대로 먼저 주어야 한다. 그래야 내게도 그러한 축복과 행운이 찾아오게 된다. 내가 먼저 웃으며 인사해야, 상대도 내게 웃으며 인사하게 될 것이다. 내가 먼저 칭찬의 씨앗을 뿌려야, 상대와 세상이 나를 칭찬하게 될 것이다. 내가 먼저 바뀌면, 내가 바라는 대로의 삶이 끌어당겨진다. 상대가 먼저 바뀌기를 기다린다면, 평생 한걸음도 나아가지 못할 수도 있다. 이러한 기본적인 원리가 삶에 대입되기까지는 최소 3개월~3년이라는 세월이 필요하다. 그 시간이 지나야 다른 사람들이 인정하는 임계점을 넘어서기 때문이다. 항상 성공 확신과 인내심을 가지고 지속적으로 앞서 실천한 사람에게, 바라는 꿈과 목표가 이루어진다.

〈4〉 공짜는 없다

성공은 결코 노력을 배신하지 않는다. '뿌린 대로 거둔다'와

나와 우리를 바꾸는 습관의 시크릿

'대접받고 싶은 대로 대접하라'는 두 가지 교훈에서도 보이듯이 세상에는 공짜가 없다. 노력하는 사람이 반드시 성공하는 것은 아니지만, 성공하는 사람은 항상 노력하는 사람이다. 열심히 하는 것 같은데 결과는 그렇지 않을 경우도 있다. 부정적인 생각과 이유로 그 일을 했거나, 임계점 이하의 기간 동안 지속하다 포기하지 않았나 생각해 보아야 한다. 21세기는 글로벌 정보와 경쟁의 시대이므로, 무조건 최선을 다해 열심히 하는 것만으로는 부족하다. 그에 더해 계획 단계나 중간 중간에도 글로벌 정보의 변화와 분석을 게을리하지 말아야 하고, 시대별 직관과 통찰력을 길러야 한다. 문제가 있다는 것을 안다고 해서 반드시 해결되는 것은 아니지만 내게 어떠한 문제가 있다는 것을 모른다면 어떠한 해결책도 존재할 수 없다.

〈5〉 웃으면 복이 온다

웃음은 건강과 행복 그리고 성공과 행운의 시작점이자 완성점이다. 세상에서 가장 쉽고도 어려운 것이 웃는 일이다. 웃지 않는 사람이 행복하거나 대인관계에 성공하는 경우는 드물다. 또한 웃지 않는 사람이 건강할 수는 없는 일이다. 그런데 우리는 좋은 일이 있어야만 웃을 수 있다는 잘못된 생각 때문에, 많은 기회를 놓치고 산다. 즐거울 때만 웃는다면 과연 하루에 몇 번이나 웃을 수 있겠는가. 웃다 보면 즐겁고 행복한 일이 발생하는 것은 쉬운 일이다. 즐겁고 좋은 일이 따로 있는 것이 아니라, 내 삶에 크고 작은 일을 즐겁고 좋게 받아들일 수 있는 좋은 습관과 실력을 기르는 것이 중요하다. 어려운 상황에서도 신념을 가지고 웃을 수 있을 때 문제 해결의 가능성이 높아진다. 최상의 스트레스 치료제이다. 언제든 잃어버린 웃음의 빈자리로, 불행과 질병이 채워져 간다. 하늘은 자신의 창조물들이 기쁘고 행복하기를 바란다. 행운의 여신은 언제나 '감사하는 기쁨'이 있는 곳에 함께한다.

〈6〉 생각하고 말하는 대로, 운명과 미래가 흘러간다

생각이 바뀌면 행동이 바뀌고, 행동이 바뀌면 습관이 바뀌고, 습관이 바뀌면 인격이 바뀐다. 인격이 바뀌면 운명이 바뀐다. 생각은 그대로 말로 나오게 되고, 경험을 창조한다. 자신의 운명은 자기 선택의 결과물이다. 생각하고 말하는 습관대로 운명이 흘러간다. 하늘은 항상 예스만 있을 뿐이다. 그러니 그대로 이루어지면 안 될 일은, 나에게뿐만 아니라 상대에게도 조심하여야 한다. 그러니 좋은 일을 하면서도, 뒤에서 불평이나 비난을 한다면 부정의 업이 추가된다. 만일 내 자신에게 좋은 일로 돌아오지 않는다면, 더 반가워해야 한다. 내가 쌓은 좋은 선업은 하늘창고에 그대로 저장될 것이다. 그리고 그 저장된 선업은 복리에 복리로 이자가 붙어 후손에게 내려갈 것이기 때문이다. 내 삶의 모든 일들은 언제나 생각으로부터 시작되고, 항상 오늘 하루의 말과 행동으로 완성되어 간다. 21세기에는 점점 더 건강과 행복의 중요성 확대되어, 생각과 말에 '미소의 의미(웃음과 즐거움)'가 추가되고 있다.

〈7〉 자신이 믿지 않는 일은, 삶에서 일어나지 않는다

자신의 건강과 행복을 믿는 것은 최고의 재능이다. 자신의 건강과 행복을 말하고 믿는 사람에게, 건강하고 행복한 현재와 미래의 가능성이 존재한다. 성공도 미래의 성공 이미지를 확신하는 사람에게, 가능성이 높아진다. '나는 할 수 있다'라는 자신을 믿는 생각과 말은, 모든 목표와 꿈을 이룰 수 있는 출발점이다. 할 수 있다고 믿지 않는 일이라면, 내 삶에서 그 일을 성공할 가능성이 없어진다. 잠재 뇌는 내가 믿는 것을 그대로 행한다. 내 자신에 대한 믿음은, 어린 시절의 자존감과 자신감 그리고 주변의 기대와 믿음에 의해 형성된다. 그리고 대다수의 가능성은 부

모, 선생님, 이웃의 말과 행동에 의해 줄어든다. 어려서 자녀교육에 대한 정확한 터닝 포인트와 그에 따른 사랑, 칭찬, 감동의 물 주기 방법을 숙지해 놓는 것은, 자신의 삶이나 자녀의 미래를 위해 중요한 일이다. 믿음은 감동의 능력과 비례한다. 감동은 주로 음악, 미술, 스포츠, 여행, 봉사, 영화, 책, 종교, 명상, 깨달음, 취미 등에 의해 발생한다. 그리고 사랑, 감사, 웃음, 친절, 인사, 친절, 믿음 등 긍정의 힘에 의해 확장된다. 내 삶에서 문제가 발생했을 때, 문제의 원인을 밖에서 찾으면 좋은 해결책이 나타나지 않는다. 모든 문제의 시작과 해결책은 항상 내 안에서 시작된다.

자연과 우주의 선택과 축복

세상에 좋은 모든 일들은 긍정의 법칙에 따라 움직인다. 인류의 영웅과 전설 그리고 발전과 풍요의 역사를 돌아볼 때, 특별한 공통점과 재미난 사실이 있었다. 하늘의 사랑축은 주로 감사, 존중, 칭찬, 감동 등으로 선택되고 발전하였다. 하늘에 선택 받은 개인이나 국가는 다시 말하면 영웅과 전설을 배출한 개인과 나라로 평가받을 수 있다는 점이다. 축복받은 개인이나 국가라면

나와 우리를 바꾸는 습관의 시크릿

영웅과 전설을 만들어 낼 만큼의, 강력한 하늘의 사랑축이 존재한다는 증거이기 때문이다. 하늘의 선택은 부모에 대한 사랑과 감사의 사랑축과 스승에 대한 사랑과 존경의 사랑축을 우선적으로 이루어졌다. 이 두 가지가 하늘의 우선 선택 기준이었다. 대표적인 예가 유태인으로서 그들은 부모와 자녀 간의 사랑축과 랍비로 불리는 스승에 대한 사랑축이 뛰어났다. 또는 이 두 가지에 믿음과 감동의 점수가 추가로 합했을 때, 가장 큰 민족들이 하늘에 축복을 받아 왔던 것이다.

그리고 세 번째 하늘의 선택기준이 있었다. 그것은 칭찬과 감동의 사랑축이다. 그 민족에 얼마나 칭찬을 잘하고, 감동의 능력을 가지고 있느냐에 따라 영웅과 전설을 많이 배출하게 된다. 그 대표적인 나라는 미국이다. 역사는 짧지만, 많은 글로벌 영웅과 전설을 배출(링컨, 카네기, 에디슨, 헬렌 켈러, 벤저민 프랭클린…)하고 있다. 영웅과 전설이 많다는 것은 분야별 온리 원과 베스트 원 또는 그럼에도 불구하고를 많이 배출했다는 것을 의미한다. 그리고 자신의 것을 프로화, 세계화하는 능력(프로 야구와 농구 등 스포츠, 스타벅스, 케이에프씨, 영화, 경제, 군사력, 우주개발…)도 뛰어나다. 그 뒷면에는 그 나라 국민들의 장점을 칭찬하고 단점을 있는 그대로 받아들이고 존중하는 성숙한 인품의 민족성이 자리 잡고 있다. 또한 봉사와 나눔이 추가되었을 때 인정받는 훌륭한 문화 덕분에, 세계화에서도 앞서고 인류의 영웅과 전설이 계속 탄생하고 있다.

그 국가의 영웅과 전설 배출 능력은, 21세기 선두그룹으로 도약하는 데 반드시 필요한 세계화의 능력으로 발전한다. 영웅과 전설의 탄생과 세계화의 능력과 더불어 하늘의 사랑축의 또 다른 특별한 작동법은, 특정한 분야에서 개인이나 국가가 두각을 나타내는 방식이다. 프랑스, 이태리, 독일은 음악, 미술 등 예술적 감각이 뛰어나 세계적인 명품이나 성악가, 작곡가를 배출하였다. 유태인은 상권과 노벨상을 휩쓸고 있으며, 중국, 일본, 이태리 등은 자기민족의 음식을 세계화하였다. 문화유산이나 자연경관이 뛰어난 관광지인 로마, 프랑스, 그리스, 중국, 이집트, 스위스, 호주, 뉴질랜드, 캐나다 등은 가 보고 싶은 나라로 만들었다. 즉 칭찬과 감동의 습관과 능력, 봉사와 나눔의 인품과 인류애 등은 개인과 국가의 영웅과 전설을 넘어 21세기 글로벌 명품화의 중심 사랑축이다.

영국과 중국은 인류 역사상 가장 많은 정복전쟁을 벌였다. 그러나 그들은 영웅과 전설을 배출하였기에 전혀 다른 대접을 받고 있다. 영국은 세계의 대문호라 불리는 셰익스피어를 배출하였기에 신사의 나라가 될 수 있었다. 그리고 중국은 성인인 공자를 배출하고 문화 대국으로 불리고 있다. 어느 나라든 배출한 영

나와 우리를 바꾸는 습관의 시크릿

웅과 전설에 의해 그 민족에 가치와 평가가 달라진다. 이처럼 영웅과 전설을 배출할 수 있느냐 없느냐는, 그 민족 전체의 평가가 결정되는 중요한 문제이다. 그리고 21세기 들어서도 인류에게 도움이 될 수 있는 글로벌 영웅과 전설의 배출은, 여전히 그 국가의 품격과 미래를 결정하는 핵심 요인이다. 또한 하늘의 3대 사랑축은 21세기 위기와 기회의 4,5차 산업 혁명시대에서, 위기를 극복하고 개인이나 국가가 글로벌 상위 그룹으로 도약하는 분수령이 될 것이다.

〈1〉 부모에 대한 사랑과 감사의 사랑축

부모에 대한 사랑과 감사의 사랑축은 개인에게는 물론, 사회와 국가의 운명에도 중대한 역할을 한다. 이 사랑축이 무너지면 감사할 줄 아는 긍정에너지가 소멸되어 간다. 감사는 우리 삶의 모든 좋은 일과 상황을 끌어당기는 시작점이다. 사랑에너지는 항상 감사로 시작해서 칭찬, 존중, 기쁨 등으로 빛과 향기를 발하고 용서로 완성된다. 부모와의 사랑축이 가장 중요한 긍정의 에너지인 이유는, 사랑과 감사의 씨앗이 가정으로부터 시작되기 때문이다. 성인인 공자님은 효와 예를 강조했고, 소크라테스는 '부모를 섬길 줄 모르는 사람과는 벗하지 마라. 왜냐하면 그는 인간의 첫 걸음으로부터 벗어난 사람이기 때문이다'라고 부모와의 사랑축을 강조했다.

부모에 대한 감사의 사랑축이란, 그 윗대의 할머니 할아버지에 대한 사랑도 되고, 그 너머로 모든 조상에 대한 사랑축이 된다. 더 위로 진행되면 인류 태초의 조상이 되고, 창조주 하느님에 대한 믿음과 사랑으로 진행된다. 그리고 외가 친가의 할머니 할아버지들까지 모두 연결하면, 사랑축은 한없이 그물망처럼 확장된다. 보이는 부모에 대한 사랑도 지킬 줄 모르는 사람이, 보이지 않는 창조주에 대한 사랑과 믿음을 갖기는 어렵다. 21세기가 진행될수록 부모와 가족에 대한 사랑축이 점점 줄어 가고 있다. 그 이야기는 자녀와 후손들에게 점점 발전과 풍요의 긍정의 에너지가 줄어들고 있는 것을 의미한다. 이는 그들의 삶에서 건강과 행복이 멀어져 갈 것을 예고하고 있는 것과 마찬가지이다. 그러므로 부모에 대한 사랑과 감사의 사랑축은, 사회와 국가의 미래와도 직결되어 있다.

21세기 들어 글로벌 정보화 시대다 보니, 부모가 자식에게 해주는 삶에 대한 조언이 힘을 잃어 가고 있다. 위기와 기회의 경쟁의 시대이다 보니, 자녀의 미래에 대한 칭찬과 믿음보다는 지적과 근심걱정이 늘어 가고 있다. 그리고 부모의 자녀 교육이나 방침에 있어 완전할 수가 없다. 그러다 보니 부모와 스승에 대한 존경심과 사랑과 감사의 정도가 점점 약해지고 있는 또 하나의 중요한 원인이 되고 있다. 가정에서의 사랑과 감사의 사랑축은 가장 강력한 긍정의 에너지다. 창조주와 조상 그리고 부모와 자녀로 이어지는 영원한 사랑축이 수직으로 연결이 된다.

그리고 또 한 가지 가정에서의 수평적인 사랑축이 중요하다. 그것은 부부와 자녀와의 사랑축이다. 부부와 자녀와에 행복 사랑축이 넓게 퍼질수록, 사랑축이 안정되고 밝게 빛나게 될 것이다. 가정에서의 사랑축이 크게 형성된 사람은, 건강과 행복의 긍정 에너지가 비례해서 확장된다. 그래서 부모와 조상에게 잘하는 사람이 이웃과 창조주에 대한 사랑도 크다. 내 삶에서 좋은 것을 끌어당기는 긍정의 에너지는, 가정에서의 사랑과 감사의 사랑축에 비례한다. 스코틀랜드의 작가 사무엘 스마일스는 '가정이 인간을 만든다'라고 했다.

〈2〉 스승(멘토)에 대한 사랑과 존경의 사랑축

태어나서 부모와의 사랑과 감사의 축이 첫 번째 사랑축이라면, 학교에 들어가며 스승과의 만남은 또 하나의 중요한 사랑과 존경의 사랑축을 만들게 된다. 배움과 학습은 21세기 정보와 경쟁의 시대에 발전과 풍요의 삶을 결정하는 핵심 요소이다. 그런데 과거에는 스승과의 존경의 사랑축이 강력했으나, 21세기 들어 빠른 속도로 감소하고 있다. 21세기 인터넷의 발달에 의해 방대한 정보와 백과사전적인 지식 그리고 각종 문제의 해결책 등이 세상에 공개되었다. 과거에는 학교에서 스승님들이 미래에 대한 방향성과 계획 등을 알려 주었고 해결책들도 가르쳐 주었다. 하지만 21세기는 급변하는 위기와 경쟁의 시대이다 보니 미래 시대에 대한 어떤 정확한 예측과 해결책이 나오기가 힘든 시대이다. 그러다 보니 학생들이 선생님들에 대한 믿음과 존경심이 줄어들게 되었다.

그 믿음과 존경심의 감소는 개인과 사회의 긍정 에너지를 엄청나게 감소시키고 있다. 그 결과 불평불만과 근심걱정 등 부정의 에너지는 늘어나게 되었고, 그에 따라 건강과 행복 등 좋은 일과 상황은 멀어지고 있다. 이 시대에 잃어버리면 안 되는 부모와 스승에 대한 사랑축이 회복되어야, 개인과 사회가 더 발전하고 풍요로워질 것이다. 21세기는 위기와 기회의 시대이자 정보의 홍수시대이다. 스승과 멘토 그리고 전문가의 강연과 조언이 반드시 필요한 시대이다. 21세기는 수많은 정보 중에 자신에게 필요한 최상위 베스트 정보를 배워야만 앞서 나갈 수 있다. 그러려면 스승이나 멘토를 존경하지 않는다면, 그들로부터 제대로 배우거나 잘할 수 있는 가능성이 그만큼 줄어들 것이다.

스승이나 멘토를 존경하고 좋아할수록, 잠재 뇌는 그 일을 잘할 수 있게 만드는 특징과 원리가 있다. 또한 스승이나 멘토를 좋아하거나 존경하지 않는 사람은 겸손을 배울 수가 없다. 겸손은 살아가며 훌륭한 인품을 만드는 데 필수 요소이기에, 스승과 멘토를 존경하는 것으로부터 인품이 크게 자라나게 된다. 자녀와 학생은 부모와 스승을 통해 주로 학습한다. 그런데 만일 그들과 관계가 부정적이라면, 21세기 부와 성공의 법칙은 제대로 작동하기 어려울 것이다. 요즘 가정에 젊은 부부는 참고 맞추기보다는 쉽게 이혼하고 있고, 특히 나이 들어서 하는 황혼 이혼이 급증하고 있다. 그로 인해 가정에서의 사랑과 감사의 사랑축이 많이 약해지고 있다. 그럴수록 그에 상응하는 스승과 멘토와의 사랑과 존경의 사랑축이 존재한다면, 자녀들의 방황을 줄일 수 있을 것이다.

하지만 부모나 스승에 대한 사랑축이 과거의 방식으로 돌아갈 수는 없다. 21세기에 걸맞은 새로운 사랑축이 만들어져야 한다. 그러려면 새로운 학습법과 학교에서의 교육도 21세기에 맞게 개선될 필요가 있다. 이러려면 가정과 학교 그리고 사회와 이웃 모두가 이러한 문제점을 깨닫고, 자신만의 이익을 위해서가 아니라 모두의 미래를 위해, '함께하는 우리'가 되려는 노력이 필요한 시대가 되었다.

스승에 대한 사랑축이 줄어든 것은 또 한 가지 문제점을 만들어 낸다. 그것은 학교생활을 통해 일생을 성공적이고 행복하게 살아나가는 대인관계법을 배워야 되는 중요한 시기이다. 그런데 스승과 학교에 대한 존경과 사랑축이 무너지다 보니, 중요한 대인관계마저도 제대로 배울 기회를 놓치고 있다. 스승에 대한 사랑과 존경의 사랑축이 넓고 깊은 사람은, 세상 모든 사람과 모든 것으로부터 배우려는 겸손한 자세가 갖추어진 사람이다. 그 결과 발전과 풍요의 성공 에너지가 삶 전체에 좋은 영향을 미치게 될 것이다. 삶에 있어서 자신의 숨겨진 장점을 발견해 줄 수 있는 멘토, 그리고 내 삶을 상위 20% 안전선이나 상위 5%의 성공 가능성의 문을 통과시켜 줄 수 있는 명품 멘토를 만나는 것은 일생일대의 행운이라 할 수 있다. 스승에 대한 큰 사랑축은 긍정 에너지를 확장시켜, 이번 생에 잠재능력을 최대로 발휘할 수 있게 할 것이다.

〈3〉 영웅과 전설의 칭찬과 감동의 사랑축

21세기는 협업과 상생, 그리고 글로벌 부와 성공의 시대가 될 것이다. 그리고 글로벌 영웅과 전설들이 탄생하는 위대한 시대가 될 것이다. 어느 나라가 그런 위대한 영웅과 전설을 만들어 내느냐에 따라, 21세기 개인과 국가의 운명과 미래가 달렸다. 이것이 4차 5차 산업혁명을 지나 21세기를 극복하고 지배하는 최고의 공식이자 비법이 될 것이다. 사람은 누구나 영웅적 자질을 가지고 태어난다. 누군가 이루어 낸 영웅적인 업적이 있을 때, 그 공식과 비법을 알고 따라하면, 다른 사람도 그 일을 해낼 수 있다. 그리고 인류의 영웅과 전설들의 비법과 장점들을 모으고 배운다면, 누구나 자신 안에 잠든 영웅적 자질을 쉽게 깨울 수 있을 것이다. 즉, 누구나 공식과 비법만 안다면, '마법의 삶과 기적의 치유'가 가능하다는 뜻이다.

영웅과 전설에는 몇 가지 단계가 있다. 첫 번째는, 개인과 가문의 영웅적 자질을 깨우는 것이다. 그 영웅적 자질이란, 감사, 웃음, 칭찬, 인사, 친절 등의 앞서거나 다른 좋은 습관을 달성하는 것을 뜻한다. 태어나서 누구나 한없이 발전시킬 수 있는 좋은 습관 인자를 가지고 있지만, 스스로 어느 정도가 이루어지면, 그 정도 이상으로 더 발전시키거나 넘어서려 하지 않는다. 마음만 먹으면 나이와 상황에 상관없이 언제든 습관의 영웅적 자질들을 깨울 수 있다. 그 자질을 얼마나 깨울 것인가가 이번 생의 목표이자, 삶의 승부처라 할 수 있다. 일차적으로 개인이 깨울 수 있는 최대한의 한계를 돌파하는 것을 전설이라 한다. 그 영웅의 산을 넘어 전설이 되는 과정을 명품화 과정이라 한다. 개인의 영웅과 전설이 되었다면, 이제는 가문의 전설에 도달해야 한다. 그 후 각 분야, 국가, 인류, 역사의 전설에 차례로 도전해 나가야 한다. 자신의 가문에서 인사, 감사, 칭찬 등 어떤 분야에서든, 한 가지 이상 최고의 영웅이 되어 보겠다는 목표를 설정하고 이루어 내면, 그 즉시 가문의 전설이 되는 것이다.

둘째는, 각 분야별 영웅과 전설이 되는 것이다. 누구나 이 세상에 태어나서 일이나 직업을 갖게 된다. 각자 자신의 분야에서 그 분야의 영웅과 전설에 도전해야 한다. 이왕 한번 태어났다면 자신의 일이나 직업에서 자신의 성공과 행복을 이루고, 더 나아가 자신의 직업에서 최고 그룹에 도전하는 직업의 영웅과 전설이 되는 것이다. 그리고 인류 또는 역사상 그 직업의 최고의 전설에 도전하는 것이다. 북극성을 바라보고 간다고 해서, 반드시 그 별을 따야 되는 것은 아니다. 하지만 그 직업의 북극성이 되겠다는 목표로 살아간다면, 그 직업에서 베스트 원이나 온리 원 또는 '그럼에도 불구하고'가 될 가능성이 살아 있게 된다. 이것이 그 직업에서 영웅과 전설이 되는 명품화의 길이다. 발전과 풍요의 개인과 사회를 원한다면, 각 분야별 영웅과 전설을 만들어 내야 한다. 분야별 영웅과 전설을 만들어 낼 수 있는 그런 사회와 국가는, 인류와 역사의 영웅과 전설도 만들어 낼 수가 있다.

그리고 그것을 보고 배울 수 있는 청소년들과 학생들은 더 높은 곳에 도전할 목표가 생길 것이다. 그러려면 일단 칭찬할 수 있는 문화가 형성되어야 한다. 모든 부분이 완전한 사람 즉 신이기를 바라서는 분야별 영웅과 전설이 탄생하기 어렵다. 이러저러한 여러 가지 이유 때문에 전설이 될 수 없는 것이 아니라, 한 가지 최고의 베스트와 온리라는 이유 덕분에, 수많은 영웅과 전설을 배출할 수 있는 그런 사회와 국가가 되어야 한다. 또 한 가지는 칭찬과 더불어 감동의 능력이 필요하다. 나보다 더 나은 사람을 칭찬하는 것을 넘어 감동의 마음으로 느낄 수 있을 때, 나도 그 일을 해낼 수 있고, 다른 사람들도 그 일을 이루어 낼 수 있을 것이다. 감동의 능력은 개인이 가질 수 있는 최고의 능력이다. 칭찬과 믿음에 감동의 능력이 추가되면, 개인이나 분야 또는 국가의 영웅과 전설을 깨우고 탄생시키는 필수 조건을 갖추게 된다.

　그렇다면 어느 민족이나 개인이 발전하는 데 있어서, 청소년 시절부터 가정과 학교에서 칭찬과 감동의 능력을 길러 주었느냐가, 각 분야별 영웅과 전설을 만들 수 있는 능력으로 자라게 될 것인가 여부를 좌우하게 된다. 인류와 역사의 21세기 영웅과 전설로 도약하려면, 봉사와 나눔이 추가되어 세상의 귀감이 되어야 한다. 21세기 4차, 5차 산업혁명이 진행될수록 글로벌 영웅과 전설을 만들어 낼 수 있는 사회와 국가가, 21세기 선두그룹을 형성할 것이다. 그러한 사회와 국가가 21세기 모든 문제의 해결책인 명품 실력, 명품 매력, 명품 멘토들을 길러 낼 수 있을 것이다.

자연과 우주의 법칙에 담긴 창조주의 뜻과 마음

자연과 우주의 법칙의 가장 기본이자 중요한 원칙은 긍정의 힘이다. 긍정의 힘 작동 원리이자 구조는 우선 사랑과 감사의 원천 에너지가 형성되고, 존중과 칭찬 그리고 용서에 의해 긍정 에너지의 질이 결정되며, 기쁨과 믿음에 의해 전파되어 긍정의 에너지 주고받기가 시작된다. 우주 만물은 사랑으로 창조되었다. 창조주는 창조물들이 기쁘고 행복하게 살아가기를 바란다.

〈1〉 자신을 사랑하고 매사에 즐겁고 감사하는 것

창조주는 자신이 심혈을 기울인 작품인 모든 창조물들이, 항상 자신을 사랑하기를 바라며 감사하는 기쁨으로 살아가기를 가장 바란다. 그래서 자신을 사랑하고 매사에 즐겁고 감사하는 것이, 삶의 모든 좋은 것을 이루는 원천 에너지이다. 예수님은 '항상 기뻐하라, 쉬지 말고 기도하라, 매사에 감사하라'를 강조하셨다. 또한 기적의 치유 등 마법과도 같은 삶 뒤에는 항상 사랑과 감사 그리고 기쁨과 용서가 들어 있다. 세상 모든 것은 사랑받고 행복하기 위해 태어났다. 우주와 지구의 탄생 이래로 완전히 똑같은 것은 없었으며, 앞으로 몇억 년이 흘러도 그럴 것이다. 우리는 각자가 세상에 유일한 창조물이며 창조주의 소중한 최고의 걸작품들이다.

모든 것을 특별한 개성으로 다르게 창조해야 하는 그런 창조주의 고심의 걸작품들인 것이다. 우리는 자신과 상대의 장단점 등 모든 것을 있는 그대로 인정하고 받아들이고, 감사하며 살아갈 때에만 하늘의 뜻을 존중하고 따르는 것이다. 모든 축복은 그러한 감사와 웃음 그리고 칭찬의 삶을 살아가는 사람에게 내리는 선물이다. 그래서 부처님은 '모든 것의 원인이 자신의 내면에 있다'고 하셨고, 소크라테스는 자신의 장점을 칭찬하고 단점을 있는 그대로 인정하는 것을 모든 법칙 중에 최상위의 법칙이라고 했다. 자신이 과거와 현재에 받고 있는 모든 것을 포함해서, 미래에 받을 것까지 믿고 '이루어 주서서 감사합니다'라고 미리 감사할 줄 아는 사람에게 축복이 함께한다.

〈2〉 창조주를 대신해서 사랑과 감사를 전하는 것

직접적으로 사랑의 말을 들려주지 않는 창조주는, 자신을 대신해서 모든 창조물에게 밝은 미소로 사랑과 감사의 말을 전해 주는 그 사람에게, 성공과 행복이라는 선물을 주고 싶어 한다. 그래서 상대를 기쁘고 행복하게 하려는 사람, 웃는 얼굴로 애정이 담긴 말을 전하는 사람, 상대의 좋은 점이나 성공을 칭찬하고 축하하는 아름다운 사람에게 축복의 선물을 내리는 것이다. 그 선물의 종류와 크기는, 내 삶과 인연이 있는 과거와 현재 그리고 미래의 모든 것과, 알게 모르게 신세를 지고 있는 모든 사람과 자연 등 우주 만물에 감사하는 능력에 달려 있다. 마호메트는 '감사하는 능력은 항상 축복을 받는 보험에 든 것과 같다'고 했다. 그 축복을 받는 자격 조건인 사랑과 감사의 능력을 키우고 싶다면, '어제보다 나은 오늘의 나'를 목표로 하여, 날마다 조금씩이라도 긍정적으로 발전하려는 계획을 세우고, 매일 자기 자신과의 승부를 거는 훌륭한 습관을 길러야 한다.

그래서 예수님도 '뿌린 대로 거둔다'라고 하셨고, 이 세상에 대접받기 위해서 온 것이 아니라, 섬기러 왔다고 하셨다. 공자님도 '남을 자기 자신처럼 존중할 수 있고, 자기가 바라는 것을 남에게 해 줄 수 있다면, 그는 진정한 사랑을 지닌 사람이다. 세상에 그 이상의 가치는 없다'라고 하셨다. 그 속에는 성공과 행복을 끌어당기는 최고의 비법은, 내가 바라는 것과 같이 대접하는 것이라는 삶의 진리가 들어 있다. 또한 내 마음에 들게 상대를 바꾸려 하거나 비교하고 판단하는 것이 아니라, 있는 그대로를 받아들이고 존중하는 것이라는 대인관계의 핵심이 들어 있다. 만일 위대한 성공을 원한다면, 모든 창조물들을 더 높게 존중하고 사랑하면 될 것이다. 결국 영웅과 전설이란, 앞서거나 다른 삶을 살다 간 위대한 성인들의 가르침을 실천한 사람들이다.

〈3〉 타고난 잠재 능력 계발과
    서로 존중하며 돕고 나누며 살기

하늘은 세상 모든 창조물들이 발전하고 풍요롭기를 바라고 있다. 또한 자신의 창조물인 사람과 동식물 등 자연과 우주만물들이 서로 상호 간에 아끼고 사랑하며 존중하기를 바라고 있다. 그러므로 타고난 자신의 잠재력을 최대한으로 계발하여, 모두를 이롭게 하는 것은, 자신이 세상에 태어난 의미이자 목적이 된다. 그러므로 꾸준히 자신을 계발하여 삶의 프로가 되기 위해 노력해야 한다. 이웃을 존중하고 도우려는 아름다운 봉사와 나눔의 사람에게는 삶의 행복과 영혼의 축복이 함께 주어지게 된다. 하늘은 우선 자기 자신을 사랑하고 존중하기를 요구하며, 모든 것이 행복하고 잘되기를 바라는, 밝고 선하고 아름다운 마음을 기대하고 있다. 무엇보다도 하늘은 항상 우리 모두에게 변함없는 큰 사랑을 보내고 있다.

괴테는 '각자 내 집 앞을 쓸면, 세상이 깨끗해진다'고 했다. 즉 세상 문제에 대한 걱정은 접고, 각자 자신을 발전시키는 것이 세상을 변화시키는 최선의 지름길이다. 그러므로 우선 꿈과 목표를 세워 '어제보다 나은 오늘의 나'와 '앞서거나 다른 플러스 5%'를 만들기 위해 최선의 노력을 다해야 한다. 각자 자신의 가정을 행복하고 화목하게 이끌고, 자신의 직업과 일을 즐기는 최고의 프로가 되려는 정성을 다하는 삶이, 나와 세상을 가장 밝고 선하고 아름답게 만드는 일이다. 그에 더해 물, 공기, 자연, 창조주 등 세상 모든 것에게 '덕분에, 감사합니다!', '이루어 주셔서, 감사합니다!'라는 사랑과 감사의 기쁜 마음으로 살아가는 것이, 축복이 함께하는 길이요 자연과 우주의 법칙과 순리에 따르는 삶이다.

🅜 나와 우리를 바꾸는 습관의 시크릿

만일 지금보다 더 발전되고 풍요한 삶을 원한다면 습관과 인품을 바꾸어야 한다. 그런데 일단 고정되면 그 후에 바꾸는 것은, 자신이 원한다고 해서 그냥 쉽게 개선되지 않는다. 즉 만드는 것은 언제든 본인의 자유의사이지만, 삭제나 수정은 잠재 뇌와 습관의 시크릿에 따른 특별한 공식과 비법에 의해서다. 나를 바꾸는 법을 알아야 상대를 바꾸는 법을 배우게 될 것이다. 나와 상대를 바꾸는 법을 안다면 삶의 주인공이 되어, 원하는 성공적이고 행복한 삶의 계단과 질을 누리게 될 것이다.

습관, 긍정과 잠재 뇌의 원리와 특성

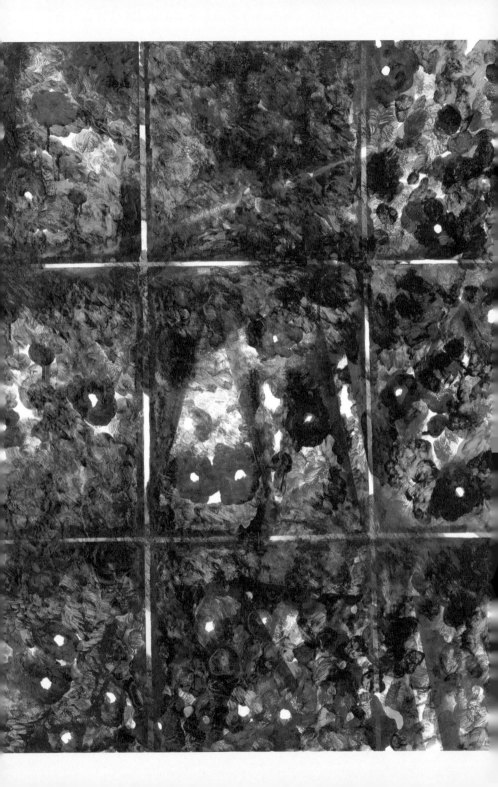

18

습관의 시크릿

습관은 그 사람의 삶의 계단과 질 그리고 운명과 미래를 결정한다. 현재의 내 생각과 행동은 그때그때 결정하는 것이 아니라, 자신이 이미 만들어 놓은 습관에 의해 정해진 인풋과 아웃풋의 방식으로 일과 상황을 받아들이고 처리하는 것이다. 누구나 자신이 습관을 만들지만, 그 후로의 삶은 습관의 노예로 살아가게 된다. 누구나 바라는 발전과 풍요의 더 나은 삶은, 첫째 누가 처음부터 더 좋은 습관을 만들었느냐가 가장 중요하다. 둘째는 현재의 습관을 얼마나 플러스로 바꿀 수 있느냐에 달려 있다. 셋째는 자신과의 승부를 통해 습관의 산을 넘는 거듭나기와 산 너머의 산에 오르는 명품화에 성공하여 자신의 잠들어 있는 영웅적 자질을 깨웠느냐이다.

　습관을 바꾸거나 거듭나기 명품화를 달성하려면, 우선 습관이 무엇이고 어떻게 형성되고 어떠한 특성과 구조이고 삭제와 수정의 공식 등을 알아야 한다. '습관의 시크릿'을 알게 된다면, 우리의 삶과 일생을 다른 각도와 차원으로 해석하고, 누구나 바라는 대로의 방향 전환이 가능해질 것이다. 습관의 시크릿은 나를 변화시킬 수 있고, 상대와 우리를 바꾸는 공식과 비법으로 작용하게 될 것이다. 습관을 지배하는 사람은, 이번 생에 자신과의 승부에서 승리하는 위대한 성공 프로라 할 수 있다. 그동안의 오랜 연구는 21~22세기 건강과 행복의 위기를 극복해야 하는 인류를 위해, 2000년 동안 잠들어 있던 '습관과 긍정 그리고 잠재 뇌의 3대 시크릿'이라는 숨은 그림들을 발견하기 위한, 탐험의 연속이라 해도 과언이 아니었다.

습관의 형성과 완성

〈1〉 습관의 씨앗

한번 형성된 습관의 폴더는 '세 살 버릇 여든 간다'는 속담대로 거의 평생 동안 간다. 우리의 지능, 인격, 성격 등 삶의 모든 습관의 씨앗은 5~6세경에 형성된다. 그러므로 이 시기에 좋은 습관의 씨앗을 심는 것이 무엇보다도 중요하다. 시작이 반이라고 언제나 첫출발은 중요한 의미를 갖는다.

1) 1차 습관의 형성

새로운 생각이나 행동 등의 반복이 3주 이상 반복되면 1차 습관의 흔적이 형성된다. 뇌의 기억을 담당하는 세포인 해마에 1차적인 습관으로 인식이 되기 시작한다. 시작이 반이라고 하듯이, 언제나 첫출발은 삶에서 가장 중요한 의미를 갖는다.

2) 2차 습관으로 성장

3개월 이상 생각과 행동이 반복되면 2차 습관이 된다. 60조개에 달하는 내 몸의 세포는 하루에도 수많은 세포가 교체되어, 3~6개월이면 90% 이상 새롭게 바뀌게 된다. 새로 탄생된 대다수의 세포들이 새로운 습관을 기억하게 되어, 2차적인 습관으로 인정을 받게 된다. 그래서 어떠한 습관이든 첫출발과 3개월이 최종적인 성공의 높이를 결정하는 분수령이 된다.

3) 3차 습관의 씨앗 완성

3년 이상 반복적으로 지속되는 생각이나 행동은 잠재 뇌에 정식으로 습관의 폴더로 등록된다. 한번 등록되면 그다음부터의 생각이나 행동은 자신이 만든 습관의 폴더에 따르게 된다. 즉 내 운명과 미래를 결정하는 습관의 씨앗들(내면의 어린아이)의 핵심부가 완성된다. 내 운명과 미래를 결정하는 초기 습관의 폴더들이 형성되는 5~6세경까지 좋은 습관의 씨앗을 만들어 주어야 한다. 습관의 씨앗들이 형성되는 만 6세경인 1차 터닝 포인트에는 뇌가 폭발적으로 성장하여 95%가 완성되는 시기이다. 또한 입안에서는 일생동안 음식을 씹는 데 가장 중요한 역할을 하는 첫 번째 어금니인 제1 대구치(6세 구치)가 맹출하는 시기이다. 최초의 영구치인 6세 구치는, 아동기를 벗어나 스스로 설 수 있는 첫 준비를 갖추는 일이다. 그와 더불어 주변에서 받는 사랑의 느낌과 감정에 의해, 자존감의 폴더가 형성된다.

〈2〉 습관의 떡잎과 뿌리

사춘기와 청소년기라 불리는 2차 터닝 포인트인 15~16세까지는 칭찬의 물 주기에 의해 자신감의 폴더를 만들어 주어야 한다. 6세 이후에는 점차 생각이나 느낌을 다양한 말과 언어로의 표현이 가능해진다. 습관의 떡잎과 뿌리의 튼튼한 성장에는 반드시 사랑과 칭찬이라는 비료를 필요로 한다. 칭찬에 의해 자존감이 강화되고 자신감의 폴더가 형성된다. 청소년기에는 입안에서는 성인 인증으로 두 번째 큰 어금니인 제2 대구치가 맹출한다. 이는 세상에 나갈 육체적인 최종 준비기를 의미한다. 각 터닝 포인트별로 뇌와 치아 그리고 몸과 마음의 급격한 변화나 폭발적인 성장과 발달이 이루어진다.

〈3〉 습관의 줄기와 열매

1) 습관의 줄기와 가지

청소년기로부터 3차 터닝 포인트인 20~21세경 학습기까지는 습관의 줄기와 가지가 크고 굵어진다. 이 시기에는 긍정심을 길러 주는 감동의 물 주기가 필요하다. 삶의 계단과 질을 결정하는 꿈과 목표, 긍정의 힘, 좋은 생활습관을 갖추는 중요한 시기이다. 3차 터닝 포인트인 20~21세경에는 뇌세포를 보통 140억 개정도로 정리가 완료되고, 사랑니라는 제3 대구치가 맹출된다. 이제 세상에 나가 홀로 서야 할 시기이며, 미래의 일과 가정을 이루는 사랑을 해도 된다는 준비와 출발의 신호이다. 우리의 뇌는 태어날 때 이미 80%의 성장과 1000억 개 정도의 뇌세포를 갖추고 있다. 그 후로 사용하거나 생존에 필요한 뇌세포만 성장발달시키고, 나머지는 잠재 뇌의 창고에 저장하거나 삭제해 나간다.

누구나 태어날 때는, 무엇이든 될 수 있고 이룰 수 있는 조건을 갖추고 있다. 하지만 자신이 전혀 사용하지 않거나 필요하지 않은 것을 우선적으로 삭제한다. 또 한 가지 주요 삭제 요인은 주위의 부모, 가족, 선생, 이웃, 친구 등의 부정적인 말과 느낌에 의한 것이다. 우리의 삶은 주위의 기대와 바라고 믿는 대로 전개되는 경향이 있다. 특히 사랑과 발전이라는 이름으로 하고 있는 지적, 비교, 걱정, 심판 등이, 많은 가능성의 폴더들을 삭제하고 있다. 더 주의할 일은 삶에 부정적인 영향을 주는 사회, 세상, 부, 성공 등에 대해 부정적인 이미지를 심어 주지 말아야 한다는 점이다. 사랑, 칭찬, 감동의 물 주기는 훗날 건강과 행복 그리고 성공의 계단과 질을 결정하는 핵심 요소이다.

2) 습관의 풋열매

성장발달의 최고점이자 퇴화의 시작점인 제1건강의 계단(25 ∓5세)에는, 자신만의 습관의 풋열매를 하나둘씩 맺기 시작한다. 그 열매들은 그동안 형성된 각종 생활습관과 긍정의 힘 그리고 21세기 플러스 공식과 비법 등에 영향을 받는다. 이 시기는 대다수가 결혼과 직장이라는 새로운 경험의 학교에 입학하는 시기이다. 습관의 시크릿에 의해 새로운 성공과 행복의 폴더가 완성되는, 첫출발로부터 3년 후에 열리는 열매의 향, 크기, 맛 등은 일생동안 거의 변하지 않는다. 첫 1년의 발전 속도와 높이를 점검하면, 3년과 그 이후의 결과와 거의 비슷해서 미래가 예측 가능하다. 그래서 경험의 학교에 입학하기 전에, 행복한 가정을 이루는 법과 성공 프로가 되는 법 그리고 식생활습관 점검표 등을 학습해 두어야 한다. 또는 결혼과 직장을 첫 시작하는 1~3년 동안에 행복과 성공 프로젝트를 실시하여, 일생의 행복과 성공의 주인공이 되는 지혜로움이 필요하다.

3) 습관의 황금 열매와 결실

삶의 중간 반환점이자 제2 건강의 계단(40∓5세)인 성숙의 학교에 입학하면 그때부터 자신만의 향기와 맛으로 습관의 황금 열매를 맺기 시작한다. 이 시기의 내 삶의 중간점검은 내 인생 후반부의 건강과 행복 등 모든 삶의 향기와 품질을 결정하는 시기이다. 그동안의 삶에 대한 재평가로, 운명 역전이나, 변화와 발전의 계기로 만들어야 한다. 그리고 제3의 건강의 계단(60∓5세)인 결실의 학교에 들면서는 세월의 시계에 따라 수확의 양과 질은 떨어지겠지만, 그동안에 갈고 닦은 경륜과 인품이 담긴 특별한 품질의 열매들을 거둘 수 있다. 이 시기는 무엇보다도 자신의 건강을 지키는 것이, 나와 가족 그리고 사회에 대한 책임을 다하는 것이다. 보너스 인생인 이 시기에, 이번 생과 영혼의 목표인 거듭나기 '더 플러스 5%'에 도전하는 것도 멋진 일이다. 내 삶의 최종점검으로 더 나은 삶을 맛보고, 덜 후회하고 떠나게 될 것이다.

습관의 폴더의 구조와 발달

습관의 씨앗은 느낌과 감정 등 오감에 의해 형성되고, 모든 유전적 정보를 가지고 있는 부드러운 핵심부와, 씨앗의 딱딱한 외피는 주로 말과 언어 그리고 긍정의 힘과 일상생활 습관에 의해 점차 두껍고 단단하게 둘러싸여 간다.

〈1〉 오 감

습관의 씨앗의 가장 내면의 핵심부는 오감 즉 느낌과 감정에 의해 형성되기 시작한다. 그 이유는 사람은 태어나면서는 아직 눈, 코, 귀, 손, 발 등이 완전한 기능을 하지 못한다. 또한 처음부터 걷기, 말하기 등 기본적인 것도 제대로 할 수가 없다. 하지만 우리의 뇌세포는 이미 발달된 상태로 태어난다. 그리고 본능적으로 생존을 위해 주변 상황들에 대한 외부정보를 무차별적으로 받아들이기 시작한다. 말을 어느 정도 조리 있게 할 수 있는 제1차 터닝 포인트인 만 6세경까지 오감을 통해, 일생을 살아나가는 데 필요한 성격, 지능, 행동, 언어, 지혜, 감정 등을 지배하는 습관의 씨앗들의 핵심부(내면의 어린아이)가 형성된다.

〈2〉 말과 언어

만 6세 정도가 지나면, 습관의 폴더는 오감과 말의 혼용시기를 거쳐, 10세 이후는 주로 말에 의해 영향을 받게 된다. 이때부터는 오감도 다양한 언어로 바꾸어 입력이 가능해진다. 습관의 씨앗의 핵심부에 형성된 오감에 의한 느낌과 감정을 말과 언어로 둘러싸며, 습관의 폴더가 서서히 확장된다.

〈3〉 긍정의 힘과 생활습관

습관의 씨앗이 완성되면 떡잎과 뿌리를 거쳐, 습관의 열매를 맺기 위한 줄기와 가지로 자란다. 생각과 말 그리고 긍정의 힘(사랑, 칭찬, 감동, 감사, 친절…)과 생활습관(걷기, 운동, 호흡, 식사,

양치…)들을 영양분과 산소처럼 흡수하며 무럭무럭 자라 습관의 열매를 맺게 된다. 이로써 몸과 마음이 연결되고, 긍정의 힘과 생활습관과도 서로 관련을 갖게 된다. 즉 생각과 행동, 습관과 인품 등은 서로 연결되어 있다. 그리고 자신의 삶의 계단과 질이 되어 운명과 미래를 결정하게 된다. 3차 터닝 포인트인 20~21세가 지나면 대다수 습관의 폴더의 성장이 거의 완성된다. 25~30세까지는 습관이 성숙되어 자신만의 생각, 습관, 삶 등의 한계의 벽을 만들어 가는 시기이다. 그 벽들을 삶의 모든 것으로 받아들이고 대처하는 방식인 인풋과 아웃풋이 된다. 그 벽과 방식은, 누구에게나 태어나면서 예정되어 있던, 기본적인 발전과 성숙의 한계점이다. 대다수의 사람은 자신이 스스로 만든 한계의 벽을 넘어서지 않고 일생을 살아간다. 자기계발을 통해서 이 한계의 벽들을 넘어서는 것은, 운명과 미래를 바꾸어 명품으로 거듭나는 공식이다.

그 후로는 본인이 스스로 간절히 원하거나 감동이나 깨달음 등에 의해서 습관의 폴더에 영향을 줄 수 있다. 또는 멘토와의 특별한 만남이 있거나, 자기계발의 지속적인 실천과 노력 등에 의해 한계점들을 돌파하는 명품 습관 폴더들이 생성된다. 처음 만들어진 한계의 벽을 넘어서는 것을 '거듭나기'라 하며 그 과정을 '명품화 과정'이라 한다. 우리의 영혼은 물려받아서 형성된 첫 번째 한계의 벽을 넘어 발전하기 위한 목표를 가지고, 이번 생에 온다고 한다.

습관의 구성, 속성과 특성

당뇨, 암, 심장병 등 질병의 80%는 식생활습관성 질환이다. 그래서 식생활습관을 고쳐 21세기 질병의 위기 시대를 극복하는 방법을 연구하다 보니, 습관에 대한 새롭고 특이한 점들을 발견하게 되었다. 습관은 생각과 행동이 반복되어 만들어지며, 세 가지 구성 성분과 속성 그리고 열매의 특성이 있다. 그리고 습관의 씨앗과 줄기 그리고 열매는 주로 말과 감정 그리고 긍정의 힘과 생활습관 등에 영향을 받는다. 이러한 특별한 원리와 특성을 참고로 하여 습관을 만들고 바꾸는 것이 가장 효과적인 방법이다.

〈1〉 습관의 세 가지 핵심 구성 성분

습관의 성장 발달은, 처음 습관의 씨앗이 형성되는 6세 이전부터 뇌 성장을 완료하는 20~21세까지 주로 적용된다. 습관의 핵심 구성 요소인 '사랑, 칭찬, 감동'을 영양분이자 비료로 줄 때 최상품으로 성장발달 한다. 그 후로도 삶에서 중요한 결혼과 직장, 목표 등 새로운 일과 상황에 따른 새로운 습관의 폴더 만들기에도 핵심요소이다. 즉 일생동안 사람과 삶을 발전시키고 변화시키는 최상위 3요소로도 작동한다.

1) 사 랑

6세 전후에 습관의 씨앗 형성과 발달을 위해 사랑의 물 주기에 의해 일생을 살아 나가는 자존감이 형성된다. 사랑은 좋아하는 것을 포함한다. 대다수 습관은 사랑하고 좋아하는 쪽으로 만들어지고 변화할 수 있다. 부모와의 사랑과 감사의 사랑축 관계가 미래의 건강과 행복 지수에 영향을 미친다. 이번 생에 태어나 무엇을 얼마나 어디까지 사랑하다 갈지는 그 사람의 삶을 평가하는 지수가 된다.

2) 칭 찬

15~16세 청소년기 전후의 칭찬의 물 주기에 의해, 꿈과 목표를 이룰 자신감이 형성되고 자존감이 높아진다. 사랑과 감사가 모든 좋은 것의 시동 키라면, 칭찬은 최상위 확장 키이다. 학교에서의 스승과의 존경과 감사의 사랑축 형성은, 미래의 성공과 행복을 결정하는 자신감과 대인관계에 영향을 미친다. 칭찬은

삶의 모든 좋은 것을 끌어당기고 이루는 최상위의 공식이다.

 3) 감동

 20~21세 전후의 감동의 물 주기에 의한 자신과 삶 그리고 세상에 대한 긍정심이 형성되는 중요한 시기이다. 변함없는 믿음과 칭찬으로의 삶의 최상위 조건인 감동의 능력이 길러진다. 긍정의 힘이 커지수록 감동의 능력도 비례해서 커진다. 최상위 긍정의 전환 공식인 '그럼에도 불구하고'는 감동을 최대로 이끌어낸다. 훗날 자신의 잠들어 있는 영웅적 자질을 깨우려면 이 시기에 존경하는 영웅과 전설 그리고 멘토와의 특별한 인연이 필요하다.

 〈2〉 습관의 세 가지 속성

 모든 습관은, 습관의 속성이자 마음인 세 가지 '속도, 세기(강도), 양(질)'으로 구성되어 있다. 습관을 고치는 것은 정말 쉽지 않지만, 습관의 세 가지 속성을 바꾸는 것은, 그에 비해 저항성이 백분의 일도 안 된다. 이 세 가지 속성은, 삶의 모든 습관을 동시에 쉽게 바꾸는 신기하고 놀라운 비법이다.

① 습관의 속도: 습관의 첫 번째 속성은 빠르거나, 보통, 느림으로 되어 있다.

② 습관의 세기: 습관의 두 번째 속성은 강하거나 보통, 약함으로 되어 있다.

③ 습관의 양과 질: 습관의 세 번째 속성은 많거나(고품질), 보통, 적음(저품질)으로 되어 있다.

〈3〉 습관의 열매의 세 가지 특성

습관의 열매는 플러스 20%, 평범 60%, 마이너스 20% 등 세 가지 특성으로 구성되어 있다. 그리고 모든 습관의 열매의 맛과 향은 첫째 긍정의 힘(생각, 감정, 인품…), 둘째 좋은 습관(감사, 칭찬, 존중, 기쁨, 용서…), 셋째 21세기 플러스 공식과 비법(그 시대의 플러스 비법과 공식)에 의해 달라진다.

1) 마이너스 20%

습관이나 삶은 마이너스 20% 그룹이 존재한다. 주로 부정적인 언어 습관이나 대인관계 또는 마이너스 생활습관에 의해서 발생한다. 평범함과의 차이는 불과 두세 가지 습관의 차이, 즉 1~2%의 작은 차이로 조금만 노력하면 쉽게 평범 그룹으로 올라

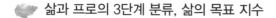

삶과 프로의 3단계 분류, 삶의 목표 지수

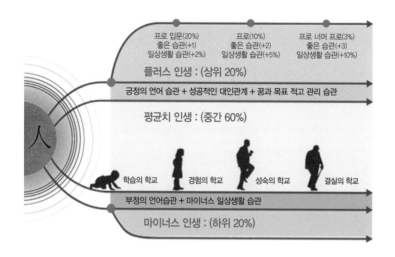

설 수 있다.

 2) 평범 60%

　누구나 어떤 일이나 평범함이 대다수를 차지하고 있다. 그러
므로 한두 가지 장점을 늘리거나 한두 가지 단점을 바꾼다면,
그 순간부터 플러스 인생으로 방향전환이 시작될 것이다. 평범
60%는 자신의 의지와 결심에 따라, 언제든 상위와 하위를 스스
로 선택하고 결정할 수 있다.

3) 플러스 20%

플러스와 마이너스 삶의 차이는 불과 1~5%의 습관의 차이다. 누구나 장점이나 좋은 점을 하나둘 늘려 나가면, 플러스 인생으로 진입하게 된다. 플러스 그룹은 또다시 세 가지로 구분된다.

① 최상급 20%: 누구나 인정하는 임계점을 넘긴 우수 그룹
② 명품 5%: 최상위 그룹으로 인정받는 차원
③ 전설 1%: 베스트 원이나 온리의 역대급 경지

21세기 습관의 황금키

꿈과 목표를 달성하는 관문인 세 가지 황금키 습관이 있다. 하루의 행위가 쌓여 운명과 미래를 만들어 간다. 직업이나 결혼으로 시작되는 경험의 학교에 들어가기 전에, 학습의 학교에서 준비해 두어야 할 필수품이다.

〈1〉 긍정의 언어습관

말하는 대로 운명과 미래가 흘러간다. 말에는 삶의 모든 것들

나와 우리를 바꾸는 습관의 시크릿

을 끌어당기고 이루게 하는 흡입력과 추진력의 에너지가 들어 있다. 청소년기 이전에 성공과 행복 등 운명과 미래를 결정하는 긍정의 언어습관 폴더가 완성된다. 생각은 그대로 말로 나오고, 생각과 말은 경험과 미래를 창조한다.

〈2〉 내 위대한 인생의, 최상위 3대 실천 공식과 계획표

내 인생의 3대 실천 공식은 '어제보다 나은 오늘의 나, 앞서거나 다른 플러스 5%, 그럼에도 불구하고 긍정'이다. 내 인생의 3대 실천 계획표는 '21 꿈과 목표, 내 인생의 4대 점검, 위대한 하루 공식 5'이다. 발전과 풍요의 최상위 5%의 삶을 이루는 공식이자 비법이다.

〈3〉 성공적인 대인관계

21세기는 고객 감동의 시대이다. 성공과 행복의 높이와 질은 성공적인 대인관계에 달려 있다. 성공적인 대인관계에 대한 정보를 파악하고 일상생활에서 실천해야 한다. 성공과 실패는 재능이 20%, 대인관계가 80%를 결정한다.

21세기 베스트 습관

누구나 꿈꾸는 삶의 모든 좋은 것들을 최상급으로 이루고 싶다면 '21세기 베스트 습관'을 참고하면 된다. 이 세 가지 베스트 습관은 21세기 건강과 행복 그리고 성공에 이르게 하는 최고의 내비게이션으로, 서로 상호보완적으로 작용한다. 아침에 눈뜨기 전에 '자기 긍정의 확언'으로 실천하는 습관은, 앞서거나 다른 플러스 5%의 삶의 계단으로 안내할 것이다.

〈1〉 상대를 기쁘고 행복하게 하는 말과
행동을 실천하는 습관

결혼과 가정의 행복 게임은, 지는 것이 이기는 게임이며 화내면 지는 게임이다. 그리고 긍정의 언어습관과 상대를 기쁘고 행복하게 하는 말과 행동을 실천하는 행복 베스트 습관이 필요하다. 가정에서의 긍정의 언어습관과 행복 베스트 습관의 실천은, 성공과 건강을 이루는 지름길이다.

〈2〉 일상의 크고 작은 모든 일을 즐기며
　　 최선을 다하는 습관

21 성공 게임은, 앞서거나 다른 5%를 달성하는, 자신과의 승부에서 이기는 게임이다. 그리고 어제의 나와 같거나, 남들과 같으면 지는 게임이다. 꿈과 목표를 정하고 미래의 성공 이지미를 떠올리며 즐기며 최선을 다하는 것으로부터 성공 프로의 길로 들어서게 된다. 성공적인 대인관계가 필수적인 성공 베스트 습관은 즐거운 건강과 행복의 지름길이다.

〈3〉 나와 상대를 칭찬하고,
　　 단점을 있는 그대로 받아들이고 존중하는 습관

나 자신의 몸과 마음을 사랑하는 게임으로서, 긍정의 힘과 좋은 습관을 기르는 게임이며, 웃지 않으면 지는 게임이다. 나와 상대의 장점을 칭찬하고, 단점을 있는 그대로 받아들이고 존중하는 것으로부터 마법과 치유의 삶이 시작된다. 건강 베스트 습관은 성공과 행복에도 베스트 요소로 작용한다.

21세기 삶과 습관의 필수 키

21세기 삶과 습관의 필수 키에는, 삶의 모든 좋은 것을 끌어당기는 '삶의 만능키'와 누구나 바라는 삶의 프로 입문 자격증인 '성공 프로 키' 그리고 성공과 행복의 계단을 최대로 높여 주는 역할을 하는 '행운의 여신 키'가 있다. 현재보다 더 발전과 풍요의 삶을 원하거나 어떤 문제에서 벗어나고 싶다면, 우선 삶과 습관의 세 가지 필수 키를 먼저 점검하고 더 발전시켜야 한다.

〈1〉 감사, 웃음, 칭찬

운명과 미래를 바꾸는 가장 쉬운 공식은, 일상의 플러스 생활습관을 기르는 것이다. 삶과 습관의 만능 키인 '감사, 웃음, 칭찬'은, 모든 좋은 것을 내 삶으로 끌어당기는 강력한 긍정 에너지이다. 사랑은 항상 감사로 시작되고, 웃음과 칭찬은 언제든 발전과 풍요의 출발점이다. 만능 키인 '감사, 웃음, 칭찬'은 건강과 행복 그리고 성공의 안전선 20%를 돌파하는 핵심 습관이다.

〈2〉 인사, 친절, 질문

성공 프로가 갖추어야 할 가장 중요한 습관인 인사는 만사이고, 친절은 한 단계 더 높은 성공과 행복으로 가는 지름길의 이름이다. 질문은 발전과 풍요를 결정하는 성공 프로의 필수 조건이다. 만일 더 발전하고 싶거나, 안전선을 넘어 최상위 5%가 목표라면, '2차 성공 프로 키'인 '배려, 절제, 겸손, 목표, 실천, 체력, 노력, 매력, 봉사, 나눔…' 등을 늘려 나가야 한다.

〈3〉 기쁜 마음, 좋은 감정, 예(Yes)와 미소, 매력과 품격

행운도 일정한 공식으로 다가온다. 가장 중요한 행운 습관은 첫째 '매사에 감사하는 기쁨과 모두가 잘되기를 바라는 좋은 감정'이다. 둘째 행운의 여신은 부드럽고 친절한 '예(Yes)'와 밝고 환한 '미소'에 귀 기울이고 눈길을 준다. 밝은 미소 띤 부드럽고 친절한 '예(Yes)' 소리는, 모든 좋은 일을 끌어당기는 긍정의 에너지이고, 세상만물이 미소로 화답한다. 셋째 행운 여신의 화살은 여성이 선호하는 '내적 외적 매력'에 이끌리며, '깨끗하고 정리된 품격 있는 장소나 환경'을 향한다. 더 나은 미래를 바란다면, 더 플러스 5% 습관 바꾸기에 도전해야 한다. 가장 기본이면서도 중

요한 삶의 필수 키로부터 시작하는 것이, 가장 빠르고 쉽게 좋은 운과 결과를 얻을 수 있다. 행운은 항상 자신을 발전시키고자 노력하는 사람에게 다가오는 선물이다.

습관을 바꾸는 방식

생각과 행동이 반복되어 만들어지는 습관을 바꾸는 가장 효과적인 방법은, 첫째 더 나은 발전과 풍요의 삶을 이루기 위해 습관 바꾸기에 도전을 하겠다는 생각이다. 둘째는 자기계발과 발전 프로젝트에 따른 꿈과 목표와 계획표를 설정하는 것이다. 셋째는 할 수 있다는 자신감과 확신으로, 오늘 하루를 어제보다 나은 오늘의 나와 앞서거나 다른 5%의 실천으로 살아가는 것이다. 그리고 습관을 바꾸기를 이루는 속도와 높이를 결정하는 요인은, 잠재 뇌와 습관의 원리와 특성에 따른 공식과 비법에 의해서다. 그것은 습관의 폴더의 형성과 완성, 구조와 발달 과정, 구성과 속성과 특성 등을 고려하는 것이다. 그에 더해 긍정의 시크릿과 잠재 뇌의 원리와 특성을 참고로 하면, 더욱 효과가 정확하고 높아질 것이다. 그 밖에도 언제든 습관과 긍정 그리고 잠재 뇌의 3대 시크릿을 삶에 대입하고 활용한다면, 4, 5차 산업혁명의 각종 위기를 극복하고, 앞서거나 다른 최상위 5%의 경쟁력을 갖추게 될 것이다.

〈1〉 습관의 삭제

한번 완성된 폴더의 완전삭제는 거의 불가능하다. 쉽게 삭제할 정도의 의지력과 실천력이었다면, 이미 자신이 바라는 습관의 폴더가 형성되어 있을 것이다. 누구나 습관의 폴더를 만드는 것은 쉽지만, 일단 완성이 되면 그다음은 습관의 폴더가 내 삶을 지배하게 된다. 그러므로 처음부터 좋은 방향으로 잘 만드는 것이 가장 중요하다. 중간에 삭제하는 것은 수십 배의 노력과 에너지가 필요하다. 삭제가 어려운 이유는, 오랜 세월 반복되어 온 습관의 폴더에 의한 생각이나 행동은, 이미 잠재 뇌에 자기 판단과 평가의 기준이나 인풋과 아웃풋의 방식으로 입력되어 있기 때문이다. 그런데 잠재 뇌는 자신이 문제라는 것을 스스로 깨닫고, 개선을 지시해야만 삭제를 시작한다. 그래서 살아가다 어떤 문제가 발생했다면, 남 탓하지 말고 나 자신의 문제점을 먼저 점검해야 한다.

습관의 삭제가 가능하려면, 커다란 감동이나 깨달음에 의해 삶의 가치 기준이나 판단에 변화가 와야 한다. 그러한 특별한 행운을 만나는 기회는 그리 많지 않다. 또는 자기 계발을 통해 강력한 절제력과 의지력을 길러야 한다. 그 밖에는 오랜 시간 마음수련이나 명상수련 등을 통한, 습관의 씨앗을 형성하고 있는 '내면의 어린아이'를 변화시키는 방법이 있다. 그리고 삭제된 줄 알았던 습관의 폴더는 어쩌다 특정한 상황에서, 묵은 습관이 불쑥불쑥 튀어나오기도 한다. 습관의 외부는 제거할 수 있어도, 마지막 남은 습관의 씨앗은 오감과 감정으로 구성되어 남아 있기 때문이다. 그래서 기존의 습관 폴더 삭제보다는, 새로운 폴더를 만들거나 수정하는 방식이 효과가 빠르다.

〈2〉 습관의 대체

기존의 내가 좋아해서 완성된 폴더에서, 내가 바라는 새로운 방향으로 바꿀 정도의 강력한 새로운 대체 폴더로 만들어야 한다. 가장 어렵고 중요한 조건은, 기존의 폴더보다 훨씬 더 강력한 끌어당김 에너지를 지닌 새 폴더를 만들어야 한다는 것이다. 그래야 잠재 뇌의 습관의 폴더 입출력방식이 새롭게 바뀔 수 있다. 그리고 또 다시 최소 3년이 지나야 새로운 습관의 폴더가 완성된다. 새로운 습관으로 대체하는 데는, 자기 마음속 생각과 행동 사이의 거리를 좁히는 데 강한 의지력과 특별한 실천 공식이

개입되어야 한다.

우리의 뇌는, 언제나 자신이 더 좋아하고 즐기는 또는 보람이나 감동을 느끼는 정도와 크기 등 우선순위에 따라, 더 강력한에너지의 폴더를 선택한다. 그러므로 기존의 습관보다 더 좋아하는 새로운 습관을 찾아서 대체하는 것이 성공의 열쇠이다. 항상 '어제보다 나은 오늘의 나'와 '나는 무엇이든 할 수 있고, 될 수있고 이룰 수 있다'라는 자기긍정의 확언 습관 등이 변화를 수용하고 새 폴더를 창조하는 원동력이 된다. 또 한 가지 중요한 요소는 잠재 뇌의 선택과 결정이 기존 폴더로 돌아가지 않게, 항상지금 자신이 바라거나 원하는 것에 집중하는 긍정적인 삶의 자세와 태도이다.

〈3〉 습관의 수정

더 나은 삶을 위해 변화와 도전을 결심했다 하더라도, 기존의폴더 삭제와 새로운 폴더 만들기에는 많은 시간과 노력이 필요하다. 그래서 삭제나 대체를 시도하기 전에, 우선 기존의 폴더에플러스 · 마이너스 리모델링(수정)을 시도해 보는 것도 좋은 비책이다. 특히 약간만 고치거나 추가할 때는 더 효과가 있다. 수정의 장점은 저항감과 부담이 적고 시간이 적게 걸리며, 언제든 마음만 굳게 먹으면 바로 변화나 개선을 시작할 수 있다는 점이다.

모든 습관이나 삶과 일에는 좋은 점과 부족한 점 그리고 평범함이 함께 들어 있다. 습관의 폴더 리모델링에는 단점이나 부족한 것을 줄이는 마이너스 리모델링과 장점이나 좋은 점을 늘리는 플러스 리모델링이 있다. 항상 장점 속에 한두 가지 문제점이, 단점에도 한두 가지 장점이 들어 있다. 잠재 뇌는 그것이 좋아하는 일이고, 스스로 바꾸기가 어렵지 않다고 느껴야, 습관의 폴더를 개선하도록 허용한다. 그러므로 처음부터 장단점에서 시도하는 것이 힘들다면, 평범함을 플러스·마이너스로 약간씩 수정하는 쉬운 일로부터 시작하는 것도 훌륭한 성공 방식이다. 즉 일상의 아주 작고 평범한 성공 습관들을 이룸으로써, 새로운 성공 습관과 성취감을 잠재 뇌에 만들어 주는 것이다.

습관을 바꾸는 공식과 비법들

만일 지금보다 더 발전과 풍요의 삶을 원한다면 습관과 인품을 바꾸어야 한다. 그런데 일단 고정되면 그 후에 바꾸는 것은, 자신이 원한다고 해서 그냥 쉽게 개선되지 않는다. 즉 만드는 것은 언제든 본인의 자유의사이지만, 삭제나 수정은 잠재 뇌와 습관의 시크릿에 따른 특별한 공식과 비법에 의해서다. 나를 바꾸는 법을 알아야 상대를 바꾸는 법을 배우게 될 것이다. 나와 상대를 바꾸는 법을 안다면 삶의 주인공이 되어, 원하는 성공적이고 행복한 삶의 계단과 질을 누리게 될 것이다.

〈1〉 습관의 핵심 구성 성분과 습관 바꾸기

⑴ 습관의 핵심 구성 성분과 긍정의 힘

습관의 핵심 구성 성분은 성장 발달기의 사랑, 칭찬, 감동이다. 이 세 가지 습관과 삶의 영양분이자 비료는, 그 후로도 언제든 사람과 삶을 발전시키고 변화시키는 최상위 3요소이자 긍정의 끌어당김 에너지로 작동한다. 습관의 핵심 구성 3요소의 습관 바꾸기 역할과 작용은, 첫째 바꾸는 습관을 좋아하는 끌어당김 에너지로 작동하는 사랑과, 둘째 나는 할 수 있다는 믿음과 자신감을 키우는 활력소인 칭찬의 역할, 셋째 그 새로운 습관으로 꿈과 목표를 이루는 속도와 높이를 결정하는 감동의 상상력(성공 이미지)이다. 그래서 습관을 새로 만들거나 바꾸는 데도 항상 작용을 하고, 살아가는 동안 삶의 모든 곳에 들어 있고, 긍정의 힘의 사랑-칭찬-감동의 3대 사랑축이 된다.

1) 사 랑

태어나서 사랑이란, 좋아하고 귀하게 존중받는 느낌이자 사랑 받는 감정이다. 모든 좋은 것을 끌어당기고 이루는 긍정의 원천 에너지로 성장한다. 사랑은 감사로 시작해서 용서로 완성되고, 습관이나 사람을 변화시키는 데도 가장 중요한 역할을 한다. 나 와 상대의 습관을 바꾸려면 그 일을 좋아하거나 진심으로 잘되 기를 바라는 깊은 사랑의 마음이 있어야 한다. 사랑의 물 주기와 부모와의 사랑축과 연관되어 있다. 평소에 '매사에 감사하는 기 쁨과 모두가 잘되기를 바라는 일상의 실천'으로 사랑의 그릇을 키울 수 있다.

2) 칭 찬

남녀노소를 불문하고 칭찬은 항상 기대 이상의 효과가 있다. 칭찬 습관은 사람과 삶의 계단과 질을 바꾸는 강력한 효과가 발 생한다. 칭찬은 가정과 일터 그리고 삶에 활기를 불어넣어 주 는 활력 비타민이다. 좋은 점을 찾아 칭찬할 줄 아는 습관을 심 고 키우는 사람은, 성공과 행복의 높은 산에 가장 먼저 오르게 될 것이다. 청소년기의 칭찬의 물 주기와 스승이나 멘토와의 존 경과 감사의 사랑축과 연결되어 있다. '나와 상대를 기쁘고 행복 하게 하는 말과 행동을 실천하는 습관'으로 발전시켜 나갈 수 있

나와 우리를 바꾸는 습관의 시크릿

다. 칭찬은 상대와 세상을 기쁨과 밝음으로 채우는, 다른 무엇으로 대체할 수 없는 중요한 봉사와 나눔의 역할을 한다.

3) 감동

감동의 능력은 사람이 가질 수 있는 최고의 재능이다. 그 이유는 감동은 태어난 잠재력을 최대로 발휘하게 하는 중대한 역할을 하며, 운명과 미래를 결정하는, 뇌와 습관의 성장과 발달의 높이와 크기를 결정하기 때문이다. 또한 감동의 능력은 변함없는 칭찬과 믿음으로 발생하며, 초긍정의 에너지를 무한대로 확장한다. 감동의 물 주기와 영웅과 전설과의 멘토 관계 설정과 관련되어 있다. 사람은 누구나 원하는 무슨 습관이든, 공식과 비법에 따른 지속적인 반복 연습과 훈련으로 키울 수 있다.

(2) 긍정의 힘과 습관 바꾸기 실천법

1) 긍정의 핵심습관 '더 플러스 5%' 실천

우선적으로 사랑, 칭찬, 감동 이 세 가지 핵심 구성성분을 위주로 해서, 현재의 습관에 5%를 추가한다는 생각과 실천을 한다면, 성공과 행복 등 삶의 계단과 질이 빠르게 달라져 갈 것이다. 이 세 가지는 일상생활에서는 부모-스승-영웅과 전설의 3대 사랑축과 연결되어 있으므로 이 사랑축 방향으로 실천하면 도움이 된다. 꿈과 목표가 최상위 5%라면 습관의 만능 프로 키(감사, 웃음, 칭찬, 인사, 친절, 질문)나 행운 키(기쁜 마음, 좋은 감정) 등을 함께 실천해 나가면 된다. 세 가지가 플러스 5% 수준에 도달하면, 나머지 다른 긍정의 습관들도 동종 습관의 견인법칙에 의해 그 근처로 끌어올려진다.

2) 감사카드와 용서카드 작성하기

사랑은 감사로 시작해서 용서로 완성된다. 그러므로 감사카드와 용서카드를 작성하는 것은 긍정의 힘과 좋은 습관을 기르는 최상의 방법이다. 그러려면 우선 감사와 용서에 대한 기본 정보와 지식을, 책이나 인터넷을 통해 미리 알고 시작하는 것이 도움이 된다. 엽서 형태나 카드 등을 활용하면 효과가 높아진다. 감사, 용서 카드는 3줄 이내로 짧게 작성하는 것이 성공률을 높인다. 그리고 이왕이면 두 가지 카드 작성 시 존중, 기쁨, 보람, 인내, 배려 등의 내용도 포함하면, 긍정의 힘이 더욱 커진다.

3) 습관 바꾸기 목표 작성과 체크, 이미지 영상 관리

긍정의 힘과 습관 바꾸기 계획표를 작성하고 매일 체크하는 방식은, 실천율과 성공률을 획기적으로 높인다. 무엇이든 말로만 하는 것보다, 직접 쓰고 관리하는 것이 훨씬 더 효과가 높기

나와 우리를 바꾸는 습관의 시크릿

때문이다. 또 한 가지 특별한 비책은 이미지 영상으로 매일 체크하고 관리하는 방식이다. 내 마음의 텃밭에 긍정의 나무를 심고, 매일 잠들기 전이나 아침에 눈을 뜰 때 하루 동안 얼마나 자랐는지 이미지 영상으로 체크하는 방식이다. (긍정의 나무는 하루에 평균 10cm 자란다고 정한다. 그리고 스스로 점수를 매겨 잘한 날은 20cm~1m까지 자란다고 정해 둔다. 특별히 보람 있는 일이나 큰 용서를 한 날은 최대 2m까지 자라고, 보너스로 향기로운 꽃이나 열매가 열리기로 한다. 그리고 '동화 속 잭의 콩나무'처럼 구름을 뚫고 자라는 것으로 하고, 귀한 화초를 키우는 정성으로 관리한다.)

〈2〉 습관의 속성과 습관 바꾸기

습관의 구조를 이용하여 습관을 한꺼번에 개선하고 변화시키는 쉬운 방법이 있다. 습관을 새로운 각도로 자세히 들여다보면, 습관의 속도, 세기(강도), 양(질) 등 세 가지 속성을 갖고 있다. 수많은 습관을 고치는 것은 어려운 일이다. 그러나 생활습관을 고칠 때마다 이 세 가지를 조종한다는 생각으로 시도하면, 파스칼의 법칙에 의해 내 삶의 모든 습관들의 속성이 동시에 도미노처럼 변화가 일어나게 될 것이다. 그리고 습관의 폴더를 삭제하거나 새로 만들 때 함께 병행하면, 더욱 강력한 에너지의 폴더를 성공적으로 만들 수 있다.

① 습관의 속도: 습관의 첫 번째 속성은 빠르거나, 보통, 느림.

② 습관의 세기(강도): 습관의 두 번째 속성은 강하거나 보통, 약함.

③ 습관의 양(질): 세 번째는 속성은 많거나(고품질), 보통, 적음(저품질).

삶의 진리이자 자연과 우주의 법칙은 언제나 일상의 평범한 속에 비범함을 감추고 있어야 하고, 누구에게나 이해하기 쉬워야 하고, 일상생활에 쉽게 적용될 수 있어야 한다고 배웠다. 그런데 기존의 습관을 고치는 방법들은 너무도 어렵고, 오래 걸리며 특별한 사람들만 할 수 있는 일이었다. 그래서 우리가 모르는 쉬운 길이 반드시 있다는 확신으로 오랜 세월 그 숨은 그림들을 찾아 나섰다. 습관 외부의 딱딱한 껍질을 힘들게 뚫거나 깨려 하기보다는, 내부와 연결되는 항상 열려 있을 그곳으로 쉽게 접근하면 된다는 깨달음이 어느 날 우연히 찾아왔다. 그것은 치아도 단단하기만 한 돌덩어리가 아니라 그 안에 신경과 혈관이 흐르고 있듯이, 습관도 외부는 단단하지만 내부로 통하는 특별한 속성이 있을 것이라는 생각이었다. 그때부터 치아와 습관과 대화를 하며 진료와 연구를 계속해 오다 발견하게 되었다.

태어나서부터 자라는 동안 습득하게 되는 습관의 씨앗과 줄기 그리고 뿌리, 즉 긍정의 힘과 생활습관의 원류들을 찾아보게 되었다. 그래서 일상생활 속에서 발견한 그 원류는 먹고, 숨쉬고, 걷고, 말하고, 생각하고, 행동(양치)하기, 기타 종합 등으로 분류해 보았다. 하나의 뿌리에서 시작된 그 일곱 가지 줄기들도 습관의 속성(마음)인 속도, 세기, 양으로 되어 있었다. 그래서 양치법, 식사법, 걷기법, 기 호흡법, 말하기법, 연상·명상법, 종합편 등 일곱 가지로 습관의 가장 큰 줄기들을 동시에 개선하고 점검하는 법을 30년 이상 만들어 왔다. 그중에서도 양치와 식사 등 식생활습관을 개선하여 건강과 행복을 지키는 두 가지 방법으로 시작하는 것이 좋다. 양치법과 식사법 등 두세 가지 작은 습관에 대입하면, 나머지 습관들도 동반 상승하는 효과가 있다.

[예 1] 습관의 세 가지 속성(마음)을 조절하는 Dr. Park's 양치법

양치를 할 때 첫째로 습관의 속도인 양치 속도를 빠르게에서 천천히로 조절한다. 둘째는 습관의 세기인 양치의 세기를 강함에서 부드럽게로 조절한다. 결과로 시간이 흘러 새로운 습관에 익숙해 갈수록, 성격과 행동도 급함에서 천천히 여유롭게로, 강함에서 부드럽게로 변화되어 갈 것이다. 셋째는 양치할 때 습관의 양인 양치 시간이 3분 이내였다면 3분, 3분 이상을 즐겁게 실천한다. 즐거운 인내심과 성실성이 길러진다. 점차 실천에 대한 자신감과 시간 조절에 의한 자기 통제력이 싹트기 시작할 것이다. 최상위 5%의 앞서거나 다른 건강과 행복 그리고 성공 습관으로 발전할 것이다.

[예 2] 습관의 세 가지 속성(마음)을 조절하는 Dr. Park's 식사법

식사를 할 때 첫째로 습관의 속도인 식사 속도를 빠름에서 천천히 오래 씹기로 조절한다. 둘째는 습관의 세기(강도)인 음식을 크고 단단하게에서 작고 부드럽게로 조절한다. 결과로 시간이 흐를수록 어느새 성격과 행동도 급함과 강함에서 천천히 여유롭게로 변화되어 갈 것이다. 셋째는 습관의 양(질)인 식사량을 과식에서 보통 또는 소식을 즐겁게 실천한다. 인내심과 자신과의 승부를 즐길 줄 아는 발전적인 멋진 사람이 되어 갈 것이다. 점차 실천에 대한 자신감과 절제 능력이 싹트기 시작할 것이다. 최상위 5%의 앞서거나 다른 건강과 행복 그리고 성공 습관으로 발전할 것이다.

이처럼 습관의 세 가지 속성(마음)을 알고 조절한다는 것은, 나 자신을 바라는 방향으로 발전시킬 수 있는 훌륭한 '습관의 나침반'을 가지는 것이다. 실제로 한 가지 습관을 고치는 것도 어려운데, 이 방법은 저항성이 적고, 무리하지 않으면서도 모든 습관에 동시에 작용한다. 즉 한 가지 습관을 고치는 동안, 열 가지 백 가지 습관에 모두 대입하는 형태로 이루어진다. 습관의 발전으로 인품이 개선되는 특별한 효과도 있어, 내 삶 전체에 좋은 영향을 미치게 된다. 결국 자기수련과 계발을 통하여 '최고의 나'를 이루어 갈 수 있는 훌륭한 '자기 계발의 축지법'을 배우게 되는 것이다.

〈3〉 습관의 열매와 습관 바꾸기

누구나 자신만의 빛과 향기로 삶과 습관의 열매를 맺는다. 삶의 세 가지 분류와 마찬가지로 습관의 열매도 플러스 20%, 평범 60%, 마이너스 20% 등 세 가지 특성으로 구성되어 있다. 누구나

나와 우리를 바꾸는 습관의 시크릿

플러스 그룹에 가입되기를 꿈꾼다. 하지만 그 꿈의 분류는 습관 80%, 인품 15%, 그 시대의 플러스 공식과 비법 5%에 의해 결정된다. 결국 습관이 자신의 운명과 미래를 거의 결정한다고 해도 과언이 아니다.

삶과 습관의 플러스, 평범, 마이너스 열매를 결정하는 것은, 불과 1~5%의 습관의 작은 차이이다. 그러므로 실천하기 어려운 습관의 삭제나 대체보다는, 바꾸기가 가장 쉽고도 빠른 플러스·마이너스 리모델링 방식을 선택하는 편이, 좋은 결과를 얻을 수 있다. 이미 완성된 습관의 열매를 가장 쉽게 바꾸는 일상생활 실천법은, 단점을 줄이고 장점을 키우는 방식이다. 이러한 작은 습관의 변화와 발전이, 이번 생의 훌륭한 목표인 '그럼에도 불구하고 인품의 관문'을 통과하게 해 줄 것이다.

1) 단점 숙제 뛰어넘기

단점이나 부족한 점이라고 느끼는 습관의 폴더를 리모델링하려면 몇 가지 준비가 필요하다. '그럼에도 불구하고 긍정의 전환' 능력이다. 개선하려는 단점이나 부족한 점에서 한두 가지 좋은점을 찾아내고 발견해야 한다. 예를 들어 밥을 빨리 먹는 단점에서 신속함을 찾을 수 있고, 지각하는 게으른 습관에는 마음의 여유로움이라는 좋은 점이 들어 있다. 이처럼 단점에서 좋은 점을 찾아내기 시작하면 단점은 작아져 가고, 그것은 이미 예전의 단점이 아니다. 이런 '단점 숙제 뛰어넘기' 방식으로 단점을 작게 해서 긍정으로 전환해 나가면, 잠재력을 최대로 발휘하는 것을 막아 오던 가장 큰 장애물(단점 숙제)을 제거하게 된다. '최고의 기회는 항상 문제라는 이름으로 다가온다'라는 자기 확신이 필요하다. 일상에서 나 자신의 단점 가시를 제거하는 연습과 훈련으로 '단점 숙제 뛰어넘기'의 공식과 비법을 터득하면, 다가오는 사람과 일을 '있는 그대로 받아들이고 존중하는 최상위 인품'으로 발전하게 된다. 또한 일상의 크고 작은 일들을 감사와 교훈으로 받아들이는 '그럼에도 불구하고, 긍정'의 능력을 쌓아 나가게 될 것이다.

2) 장점 가시 뛰어넘기

장점의 폴더는 자주 들여다보고 리모델링해야 한다. 누구나 잘하는 장점이나 좋아하는 점을 극대화시키면, 최고의 삶을 살아가게 된다. 그런데 장점 속에도 반드시 한두 가지 문제점을 가지고 있고, 그 장점 가시가 발전과 풍요의 최대의 걸림돌이 될 수 있다. 위기 속에도 항상 기회가 있고, 기회 속에도 언제나 위기가 도사리고 있다.

내 삶의 결정적인 오류는, 항상 자신이 잘하고 있다고 믿고 있는, 바로 그곳 장점 가시에서 가장 많이 발생한다. 이를 극복하려면 상대의 입장에서 바라다보는 배려심과, 상대를 기쁘고 행복하게 하려는 이타심을 길러야 한다. 만일 장점 가시를 제거하게 된다면, 장점은 날개를 달아 무한대로 발전할 가능성과 준비를 갖추게 된다. 그러므로 자신의 장점 습관에 배려심과 이타심을 심는 '장점 가시 뛰어넘기'를 습관화한다면, 꿈과 목표를 이루는 성공적인 삶이 다가설 것이다. 일상에서 나 자신의 장점 가시를 제거하는 지속적인 연습과 훈련으로 '장점 가시 뛰어넘기' 공식과 비법을 터득하면, 상대의 좋은 점과 장점을 찾아 나와 상대를 발전시키고 극대화하는 실력을 갖추게 될 것이다.

3) 일상 선물 찾기

일상의 평범함에 대한 생각과, 받아들이고 처리하는 방식에 의해, 삶의 질이 크게 달라진다. 삶은 특별한 일들의 연속으로 채워져 있는 것이 아니라, 크고 작은 일상의 평범한 일들로 가득 차 있기 때문이다. 그런데 장점이나 긍정이 더 크면 평범함의 60%는 장점이나 긍정의 편에 서게 되고, 단점이나 부정이 더 많으면 그 반대편으로 귀속된다. 그런데 일상의 평범함은, 장점이나 단점보다도 리모델링에 대한 저항성이나 거부감이 훨씬 작다. 그러므로 언제든 평범함의 재발견이라는 숨은 그림만 찾을 수 있다면, 그 순간부터 일상의 평범함들이 장점이나 긍정으로 변신하게 된다. 이 '일상 선물 찾기' 방식을, 자신의 잠재력을 최대로 발휘하게 되는 '실력과 재능 뛰어넘기'에 사용하면, 성공률을 최대로 높일 수 있다. 일상생활의 평범함의 장점화는 '실력과 재능 뛰어넘기'를 이루는 '21~22세기 특급 시크릿'이다. 언제든 '일상의 크고 작은 평범한 일들을 즐겁고 최선을 다하는 습관'의 탄생이, 성공적이고 행복한 삶을 이루는 출발점이다.

습관과 삶의 한계의 벽 뛰어넘기 명품화 과정

〈1〉 내 안에 잠재된 영웅적 자질을 깨우는 7단계 관문

사람은 누구나 자신 안에 잠들어 있는 영웅적 자질을 가지고 있다. 자신과의 승부를 통해, 스스로 만든 습관과 삶의 한계의 벽을 넘어선다면, 그 자질을 깨울 수 있다. 자신의 산을 넘어 그 너머에 이르는, 거듭나기 명품화의 과정에는 7단계 과정이 있다. 명품화 7단계 과정은, 분야나 국가 그리고 인류나 역사의 영웅과 전설들의 길과 단계를, 분석하는 잣대이자 새로운 학습법이 될 수 있다. 즉 인류나 역사의 존경하거나 배우고 싶은 영웅과 전설들의, 습관과 한계의 벽을 뛰어넘는 명품화의 길과 과정을 다각도로 세분화하여, 그 공통점과 차이점들을 학습할 수 있다. 명품화의 길을 안다고 해서 항상 도착할 수 있는 것은 아니지만, 그 길을 모른다면 출발하기 전에 도착할 가능성도 없어진다.

1) 자 신

사람은 누구나 각 개인의 유전, 가정, 학습 등을 통해 30세 이전에 자신만의 삶의 벽을 형성한다. 그 자신의 8부능선에 걸쳐 있는 각종 생각, 습관 등의 한계의 벽을 돌파하여, 산 정상에 오르는 것이다. 자신과의 승부에서 승리하여, 1차 거듭나기에 성공하여 자신의 영웅적 자질을 깨우는 것은, 우물 안의 개구리를 벗어나는 관문을 통과하는 일이다.

2) 가 문

1차 관문을 돌파했다면, 자신의 가문의 2차 한계의 벽을 돌파해야 한다. 모든 면에서가 아니라 습관의 산중에 단 한 부분에서라도 통과하면 된다. 가문의 영광과 발전을 실천한, 새로운 기록을 세운 훌륭한 후손으로 등극하는 일이다. 나로 인해 가문의 플러스 또는 마이너스 성장과 퇴화가 진행된다.

3) 분야별

자신과의 1,2차 승부인 자신과 가문을 넘어, 자신의 분야나 직업에서 앞서거나 다른 플러스 5%를 달성하는 일이다. 자신의 일이나 직업에서 베스트나 온리 그룹인 최상위 5%의 관문을 돌파하는 것이다. 분야별 영웅과 전설을 깨우는 3차 관문이다.

4) 국 가

국가를 빛낸 5%에 등록하는 4차 관문이다.

5) 인 류

세계를 빛낸 5%의 반열에 오르는 5차 관문이다.

6) 역 사

지구 역사를 빛낸 5%의 영웅과 전설의 반열에 오르는 6차 관문이다.

7) 우 주

전무후무한 경지에 오르는 최종 7차 관문으로서 성인의 반열에 오르는 경지이다.

〈2〉 습관의 실력화와 명품화 과정

1) 1차 습관화

건강과 행복 그리고 건강 등 삶의 모든 좋은 것은, 1차 습관화가 관건이다. 습관은 언제나 자신의 운명과 미래를 결정하는 핵심 키이다. 습관의 완성은 잠재 뇌에 습관의 폴더가 형성되기까지 3주-3개월-3년이라는 3차 습관화 과정을 거쳐야 한다. 성장발달의 그래프에 따른 잠재 뇌와 습관의 원리와 특성을 알고 미리 준비와 대처를 한다면, 성공적인 습관화와 삶의 여정이 가능할 것이다.

2) 2차 실력화

2차 실력화 과정은, 습관이 실력으로 발전하는 과정이다. 그리고 4,5차 산업혁명의 고용의 위기와 글로벌 시대의 최상위 경쟁력이다. 1차 완성된 습관을 실력으로 만드는 데는, 세 가지 공식이 있다. 첫째 '어제보다 나은 오늘의 나', 둘째는 '앞서거나 다른 플러스 5%' 달성, 셋째는 '자신의 영웅적 자질 깨우기'이다. 누구나 할 수 있고, 누구에게나 기회의 문은 열려 있다. 21세기 꿈과 목표를 세우고, 지속적인 자기계발의 노력을 한다면 가능한 일이다. 21세기 명품 멘토와의 좋은 인연은 성공프로 달성 기간을 줄여 줄 것이다.

3) 3차 명품화

성공한 사람들은 대다수 비슷한 공통점이 있지만, 실패한 사람들은 제각각의 사연과 원인을 가지고 있다. 처음부터 잘하는 사람은 없다. 그리고 성공을 이루는 방식에는 항상 공통적인 플러스 공식과 비법이 작용한다. 삶의 계단과 질은 생각과 습관과 삶의 한계의 벽을 돌파하여, 내 안의 잠든 영웅적 자질을 깨울 것인가? 그리고 7단계 명품화 관문을 어디까지 통과할 것인가로 결정된다. 이 방식을 응용하면 21세기 4,5차 산업혁명의 글로벌 기회를 잡는 최대의 경쟁력인 '실력과 재능 뛰어넘기'의 능력을 갖추게 될 것이다. 이번 생에 자신의 잠재력을 최대로 계발하고 발전시킨 위대한 삶과 영혼의 길에 오르는 과정이다. 인생은 아는 사람에겐 항상 희극이고, 모르는 사람에게는 언제나 비극이라 한다.

실력의 명품화에는 '실력과 재능 뛰어넘기'가 작용한다. 그리고 '실력과 재능의 산 뛰어넘기'의 명품화 과정에는 세 가지 길이 있다. 삶의 어느 한쪽 부위에서 장애물 등 한계의 벽에 다다르면 돌파하거나 넘어서는 방식이다. 첫째는 장점 가시나 단점 숙제를 찾아 직접 개선하는 정면 돌파의 길이다. 둘째는 그 구간을 우회하는 방식으로, 몸과 마음이나 긍정의 힘이나 생활습관 등 다른 방향에서 발전을 통해 자신의 전반적인 실력과 재능의 평균치를 끌어올리는 간접 방식이다. 세 번째 길은 흔히 알려지지 않은 특별한 제3의 길이다. 잠시 모든 걸 내려놓고 휴식을 취하거나 쉬는 길이다. 대다수 사람들은 열심히 앞만 보고 달리다 보니, 자신과 주변을 돌아다볼 시간과 기회를 갖지 못한다. 그래서 잠을 푹 자거나, 취미 생활이나, 여행, 독서, 운동, 강연 등 새로운 삶이나 방식을 즐겨 보는 길이다. 삶의 다른 방향에서의 알아차림이나 깨달음을 통하는 방식이다.

〈3〉 생각과 습관 그리고 삶의 한계(벽) 뛰어넘기

1) 생각의 한계(벽) 뛰어넘기

사람들은 대다수가 '첫째 자신이 항상 세상의 가치 기준에 더 가깝고, 둘째 내 생각은 그래도 옳은 편이며, 셋째 하고 있는 일도 잘하는 편'이라는 세 가지 착각을 하며 살아가고 있다. 이것은 사람들의 변화와 발전을 가로막고 있는, 생각의 벽이자 한계를 구성하고 있는 '3대 착각 사항'이다. 그렇기 때문에 특별한 계기가 없다면, 자신을 바꾸거나 개선하려 하지 않는다. 그래서 많은 사람들은 '꿈과 목표를 직접 쓰고 관리해야 최상위 3%의 플러스 삶이 가능하다'라는 특급 정보를 알고 있다. 하지만 알아도, 대다수는 어떻게 꿈과 목표를 작성하고 관리하는지 궁금해하거나 자신의 삶에 직접 대입하려 하지 않는다. 그러므로 늦었다는 것을 알게 된, 바로 그 시점이 가장 빠른 때이고, 지금이라도 시작하면 안전선 20%에 선착하게 될 것이다.

언제든 운명과 미래를 바꾸려면, 항상 소크라테스의 명언인 '너 자신을 알라.' 즉 자신의 현 위치와 주소를 자세히 파악하는 것으로부터 시작해야 한다. 생각은 모든 경험을 창조한다. 역사적으로도 생각하고 상상하는 것은, 수많은 역경과 실패를 거쳐 언젠가는 현실에서 이루어져 왔다. 과거로부터 그래 왔듯이 지금 상상하는 것들도, 미래의 그 어느 날 현실화될 것이다. 처음에는 멀어 보이던 자신의 꿈과 목표와 삶도, 꿈꾸고 계속 오뚝이처럼 실천하다 보면, 어느 순간엔가 이루어지고 있을 것이다. 항상 '내 삶의 최종 목표는?, 무엇을 위해, 지금 어디를 향해 어디쯤 가고 있는가?' 생각하고 꿈꾸고 질문하며 살아가야 한다.

🅜 나와 우리를 바꾸는 습관의 시크릿

2) 습관의 한계(벽) 뛰어넘기

하루의 행위 즉 일상의 크고 작은 생활습관이 운명과 미래를 만든다. 습관을 지배하면 자신의 삶 즉 운명과 미래를 지배하는 것이다. '말하는 대로, 운명과 미래가 흘러간다'고 한다. 그렇다면 어떤 말을 해야 자신의 운명과 미래를 원하는 대로 바꿀 수 있는가를, 정확히 알고 있는 사람은 드물다. 그와 마찬가지로 삶과 습관의 플러스, 평범, 마이너스 열매를 결정하는 것은, 불과 1~5%의 습관의 작은 차이에 의해 결정된다. 거의 1~2%의 차이 즉 불과 한두 가지 또는 두세 가지 습관의 차이가 하루하루 쌓여, 긍정과 부정, 장점과 단점, 성공과 실패, 건강과 질병으로 갈라지게 된다. 이러한 공공연히 알고 모르는 비밀을 깨닫고 실천한다면, 누구든 더 나은 삶을 선택하고 살아갈 수 있다.

습관의 구성, 속성, 특성, 등 '습관의 시크릿'을 알고 습관을 바꿔야, 발전과 풍요의 삶을 이루고 꿈과 목표를 더욱 쉽게 달성할수 있다. 또한 나와 상대를 변화시킬 수 있을 것이다. 생각과 습관의 벽을 뛰어넘는 것은 특별한 의미를 갖는다. 사람은 누구나 태어난 잠재력을 최대로 발휘하여 꿈과 목표와 발전과 풍요의 삶을 이루는 것은 위대한 일을 해낸 것이다. 그러려면 자신과의 승부에서 이기는 1차, 2차 명품 거듭나기가 가능하여야 한다. 그러려면 현재 자신의 잠재된 실력과 재능을 최대로 발휘하게 하는 '실력과 재능 뛰어넘기 명품화'가 있어야 한다. '실력과 재능 뛰어넘기 명품화'는 생각과 습관 그리고 삶의 한계(벽) 뛰어넘기라는 훌륭한 연습과 훈련으로 쉽게 열리게 될 것이다.

몸으로 하는 실력과 재능이 아무리 노력해도 늘지 않는 한계의 벽에 부딪쳐 멈춰 버렸다면, 몸과 다른 등산로인 긍정의 힘이나 생활습관 쪽에서 습관의 산을 '더 플러스 5%' 넘어서기를 시도하면 된다. 다른 분야에서 플러스 5%를 달성하면, 한계에 막혀 열리지 않던 재능과 실력의 벽에 새로운 가능성의 문이 열리게 된다. 반대로 재능과 실력이 머리나 마음을 쓰는 방향이면, 생활습관이나 운동 등 몸 쪽을 시도하면 된다. 언제든 성공 가능성의 문의 한쪽이 막히면, 항상 다른 쪽에 새로운 출구가 열린다. 몸과 마음 그리고 영혼은 서로 통해 있고 서로 견인하는 역할을 한다. 이를 적절히 잘 활용하면 이번 생에 꿈과 목표를 최대로 이룰 가능성이 더 높아질 것이다.

3) 삶의 한계(벽) 뛰어넘기

21세기 정보화 시대에서 지속적인 학습과 명품 실력은 최고의 경쟁력을 갖추게 할 것이다. 꿈과 목표를 이루고 자신과의 승부에서 승리하려면, 첫째 긍정의 힘, 둘째 좋은 습관, 셋째 그 시대의 비법과 공식들을 알고 있어야 한다. 그리고 21세기는 건강과 행복 그리고 성공과 행운 게임의 방식과 게임 룰을 알아야 하고, 그에 따른 점수와 벌칙조항 등도 숙지해야 즐겁게 게임에 임할 수 있다. 삶의 많은 것들은 뿌린 대로 거두고, 뿌린 후 3년이 지나야 거두게 된다. 만일 지금부터 친절, 웃음, 칭찬, 운동, 정리, 배려, 용서 등 긍정이나 생활습관의 좋은 씨앗을 뿌린다면, 열매는 평균 3년 후쯤부터 좋은 결실을 얻게 된다. 그런데 많은 사람들은 몇 개월 정도 열심히 실천하다, 효과가 별로 없다고 포기한다. 그런데 1년이 지나면 조금씩 다른 결과를 얻게 되고, 3년이 지나면 원하는 특별한 열매들을 일생동안 수천, 수만 배로 거두게 된다. 그 특별한 열매의 맛과 향기는, 처음에 내가 먼저 어떤 최선의 씨앗들을 즐겁게 뿌렸느냐, 그리고 시간과 정성으로 가꾸었느냐에 비례한다. 성공적이고 행복한 삶의 계단과 질을 높여 주는, 일생의 수많은 축복과 선물을 무한대로 얻는데, 3년의 시간과 정성의 투자는 정말 짧은 기간이라 할 수 있다. 누구나 즐기며 최선을 다한다면, 꿈과 목표를 이루고 덜 후회하고 떠나는 아름다운 삶이 될 것이다.

산다는 것은, 일생의 4대 산맥인 건강과 행복 그리고 성공과 행운의 각종 산들에 오르는 일이다. 그리고 언제든 절벽이나 늪지 등 장애물을 만나는 어려운 상황이 있을 수 있다. 그럴 때 그 벽이 너무 크거나 깊으면 돌아서 올라가는 다른 등산로를 찾아서 오르면 된다. 그리고 작으면 그동안 사용 안 하거나 모르고 있던 새로운 방식이나 장비를 사용하거나, 이미 그 길을 통과한 전문가나 멘토의 도움을 얻으면 된다. 미리 삶의 목표를 설정하고, 성공적인 등산로와 각종 대피 시설과 장애물에 대한 정보 수집과 준비와 실력을 갖추고 출발한다면, 무사히 최종 목적지에 도착할 확률이 높아진다. 처음부터 이번 생의 모든 산의 정상까지 오르려 하기보다는, 시기와 상황 그리고 필요에 따라 힘을 분산하여 일부는 안전선 돌파를 목표로 하는 것이, 즐거운 산행이 될 것이다. 어디까지 오르느냐 경쟁하기보다는, 자신에게 주어지고 선택한 단 한 번뿐인 그 소중한 인생길을, 즐기며 살아가는 것이 더 중요한 일이다.

사람은 누구나 영웅적 자질을 가지고 있다. 이러한 자질을 실현하기 위해서는 거쳐야 될 7단계 명품화(거듭나기)의 관문이 있다. 각자 이번 생에 몇 단계 관문의 통과할지 목표로 세우고, 도전해 보는 것은 설레고 멋진 일생이다. 이 모든 수치의 높고 낮고의 문제가 아니라, 내 인생의 거듭나기 수련원에서 마음껏 도전해 보고, 내 영혼의 휴양지에서 즐기고 간다면, 그 점수들은 그리 중요하지 않을 것이다. 깨우친 누군가는 생로병사마저도 하늘의 선물이라 한다. 1단계 관문만 통과해도, 영혼의 목적을 달성하는 위대한 일생을 이루고 떠나는 것이다. 만일 통과하지

나와 우리를 바꾸는 습관의 시크릿

못한다 해도 사람은 누구나 창조주의 개인 발전 프로젝트에 의해, 각자가 맡은 지구 로봇의 필요하고 중요한 나사 역할을 하고 가는 훌륭한 일생이다.

19

긍정의 시크릿

긍정 에너지 발생의 법칙

〈1〉 긍정 에너지의 씨앗과 떡잎

모든 긍정의 힘은 나 자신으로부터 나온다. 내 삶의 모든 좋은 일을 끌어당기는 파워인 긍정의 원천 에너지인 긍정의 씨앗은 반드시 나 자신의 내면에서 만들어진다. 부모로부터의 사랑의 물 주기에 의해 아이 내면에 사랑의 씨앗이 형성된다. 점차 나 자신을 소중하고 귀하게 여기는 자존감이 만들어지며, 나 자신을 사랑하는 사람으로 성장하며 긍정의 에너지가 서서히 자리 잡게 된다.

사랑의 씨앗과 떡잎이 만들어진다는 것은 우리의 잠재 뇌라는 컴퓨터 속에 사랑에 관련된 생각과 말 그리고 행동을 결정하는 사랑의 폴더가 생기는 것을 말한다. 이것은 사랑의 폴더뿐만 아니라 감사, 존중, 칭찬, 용서, 기쁨, 믿음 등의 긍정의 씨앗과 떡잎들도 항상 같은 방식으로 나 자신으로부터 시작된다. 나에게 없는 긍정 에너지는 남에게 줄 수도 없고, 남에게 먼저 주지 않았다면 돌려받을 수 있는 긍정의 에너지도 발생할 수 없다.

〈2〉 긍정의 뿌리와 줄기

자신의 내면에서 만들어진 긍정의 씨앗은, 내 가정과 학교 그리고 내 직업으로 만나는 특별한 인연의 사람들과의, 언어습관과 대인관계 그리고 오늘 하루의 말과 행동 등에 의해 에너지가 추가되어 싹이 트고 뿌리를 내리게 된다. 그리고 추가된 긍정의 에너지에 의해 앞으로 얼마나 큰 나무로 자라고 훌륭한 열매를 맺을 것인가를 결정하는 긍정의 뿌리와 줄기가 결정된다. 그 이유는 내 가정과 학교 그리고 직업은, 우리가 가장 큰 사랑 에너지를 주고받을 수 있는, 원천 에너지를 공급하고 소비하는 중요한 장소이기 때문이다. 이웃사랑은 언제나 가장 가까운 이웃인 내 가족과 직업으로부터 시작되어야 한다. 그것은 내 존재의 이

나와 우리를 바꾸는 습관의 시크릿

유 중에 하나이며, 하늘에 대한 가장 기본이며 필수적인 이웃사랑의 의무를 해결하는 길이기 때문이다.

〈3〉 긍정의 꽃과 열매

가족과 학교 그리고 직업을 통하여 만들어진 긍정의 뿌리와 줄기는 세상 모든 사람과 자연과 우주에 대한 사랑의 크기에 따라 아름다운 긍정의 꽃과 열매를 맺게 된다. 모든 사람, 일, 자연, 우주, 신 등 지금 내 삶에 관련된 모든 것들이 잘되기를 바라는 밝고 선하고 아름다운 마음을 긍정의 꽃과 열매로 나타나게 되어 있다. 내 삶은 자신의 선택과 노력에 따라 결과가 달라진다. 사람은 누구나 태어난 자신의 잠재력을 최대로 발휘하여 가족과 직업에서의 발전과 풍요를 이루고, 더 나아가 이웃과 세상에 발전과 풍요에 이르는 길을 안내하고 봉사와 나눔을 실천하는 사랑배달부로 태어났다고 한다.

긍정 에너지 순환의 법칙

〈1〉 내 안에서 순환

내 안에서 형성된 긍정의 에너지는 먼저 내 몸과 마음 안에서 정상적으로 순환되어야 한다. 먹고, 자고, 숨 쉬고 등 기본적인 일상생활 습관을 통하여 우리 몸의 건강이 결정되고, 사랑, 감사 등 긍정의 힘에 의해 건강한 생각과 마인드가 결정된다. 인체의 혈액이 탁해지고 순환되듯 같은 방식으로 긍정 에너지의 순환이 일어난다. 끊임없는 변화와 발전 등 자기계발을 통해 순환을 억제하는 불순물인 분노, 두려움, 근심걱정, 불평, 비난, 게으름 등 부정적인 생각과 습관들을 줄여 나가야 한다. 우선 나 자신의 몸과 마음이 건강해야, 내 안의 에너지 순환의 정상 작동되고, 긍정에너지도 그에 비례하여 활력이 생기게 된다.

〈2〉 에너지 외부 순환

내 안에서 먼저 긍정의 에너지가 만들어져 있어야 상대에게 줄 수 있다. 내게 없는 에너지는 상대에게 줄 수 없다. 만약에 내게 없는 긍정의 에너지를 남에게 주었다면 그곳에는 진실이 담

ⓜ 나와 우리를 바꾸는 습관의 시크릿

길 수가 없다. 거짓을 주었기 때문에 상대도 에너지를 제대로 받거나 느낄 수 없다. 내가 먼저 기쁨과 믿음의 마음으로 가능한 최선의 것을 주어야 에너지 외부 순환이 일어나게 된다. 내 자신이 그 가능성을 믿고 있지 않는 일은, 결코 내 삶에서 일어나지 않는다. 우리의 삶은 내 안에서 무엇을 얼마나 키웠는가, 그리고 과연 내가 상대에게 무엇을 보냈는가에 의해 준 대로 돌려받게 된다. 운명과 미래는 자기 스스로 선택하고 만들어 가는 것이다.

〈3〉 긍정 에너지 확장과 정화

내가 먼저 주어야만 받게 되고, 돌아오는 에너지는 준 것과 같은 성분으로서 몇 배로 확대되어 있다. 봄에 뿌린 한 톨의 씨앗으로도 많은 수확을 거두게 되고, 좋은 종자를 심을수록 그 결실은 더욱 맛과 향이 풍성할 것이다. 그러므로 긍정의 에너지를 최대로 키우는 방법은 내가 가진 최선의 긍정 에너지를 상대에게 보내주는 것이다. 내가 먼저 보낸 에너지에 상응하는 상대와 우주만물의 에너지가 몇 배로 증폭되어 돌아오게 된다. 평균 3년 후부터 수확이 시작된다. 그러므로 꾸준히 지속적인 노력과 실천이 필요하다. 3년 후로는 오랜 세월 동안 수확하며 살아가게 된다. 만일 내가 부정의 에너지를 주었다면 그대로 돌려받게 될 것이다.

스스로 만들어 낸 긍정 에너지와, 상대에게서 돌려받은 긍정 에너지는 순화되고 정화되어 자신의 에너지로 받아들이게 된다. 내 자신의 긍정 에너지로 만드는 조건은 일상생활 속에 내 자신이 어떠한 생각과 말을 하고, 그리고 어떠한 좋은 습관과 인품을 갖고 있느냐에 따라 순도와 품질이 달라진다. 하늘은 항상 스스로 돕는 자를 돕는다.

긍정 에너지 충전의 법칙

인생의 에너지는 어디서 줍는 것이 아니고 내 스스로 만들어 가는 것이다. 긍정에너지의 파워 증폭이란 컴퓨터 게임에서 주인공에게 특별한 보너스 에너지가 추가되는 개념으로 받아들이면 이해하기 쉬울 것이다.

〈1〉 좋은 일에 대한 축복과 감사

우리의 삶에 있어서 자신에게 좋은 일이 있을 때, 그 축복과 성공에 얼마나 감사할 수 있는가는 긍정의 그릇을 키우는 데 중요한 요소이다. 그리고 상대의 성공과 좋은 일에도 축복을 보낼

나와 우리를 바꾸는 습관의 시크릿

수 있어야 한다. 상대의 성공에 대한 축복으로 생기는 보너스 긍정 에너지의 양은 100파워 정도이지만, 나에게도 축복과 성공의 티켓을 받을 기회가 생기는 중요한 의미를 갖는다. 그런데 상대의 부나 성공에 대하여 부정적인 이야기를 한다면 나는 성공과 축복이 싫다고 기도하는 것과 마찬가지 효과가 발생한다. 긍정 에너지 레벨을 높이고 성공과 축복의 줄에 서고 싶다면, 평소에 나와 상대의 좋은 점을 찾으려 하고 좋은 말을 하는 훌륭한 습관이 지녀야 한다는 것을 꼭(제거) 기억해 두어야 한다.

〈2〉 일상의 평범한 일에 대한 사랑과 감사

지금 내 주변에 일어나고 있는 일상의 작고 평범한 일들에 사랑과 감사를 담거나 보내는 것은 삶의 질과 높이를 결정하는 핵심 사항이다. 플러스 인생은 일상생활에서 남들보다 몇 퍼센트 더 높은 긍정의 마인드와 좋은 습관을 실천했느냐에 달려 있기 때문이다. 예를 들어 감사, 웃음, 칭찬, 미소, 친절, 인사 등 일상의 평범한 일들을 얼마나 더 잘해 내는 좋은 습관을 기르느냐가 운명과 미래를 결정한다. 그런데 일상생활의 작은 플러스 생활 습관들이 내 삶의 모든 것을 결정한다는 중요한 사실을 잊고 살거나 또는 생각조차 하지 않고 살아가기 쉽다. 그러므로 평소에 나와 내 주변의 모든 일에 항상 사랑과 감사를 찾고 표현하는 실천 능력을 기르는 것은 긍정 에너지 레벨을 순식간에 1000파워씩 높이는 훌륭한 일이다. 일상의 평범한 일에서 긍정에너지를 높이는 방법에는 3가지 공식이 있다.

▣ 일상에서 긍정 에너지 높이는 방법

① 과거에 대한 긍정: 나 자신의 지난 모든 것들에 대한 긍정, 나와 직간접으로 관련된 과거의 모든 사람, 상황 등에 대한 긍정을 말한다. 우리는 지난 과거와 역사에 대한 심판자로 온 것이 아니라, 배우고 발전하기 위한 삶의 학교에 다니러 온 것이다.

② 현재에 대한 긍정: 나 자신과 일상에서 현재 일어나고 있는 크고 작은 일과 상황 등 모든 것에 대한 사랑과 감사 등 긍정을 말한다. 어떤 상황이든 또는 그 일이 무엇이든, 지금 이 순간 내가 하고 있는 일을 최선을 다하며 즐길 줄 아는 사람이, 내 삶의 주인공이 될 수 있다. 삶의 프로란 오늘에 사는 사람이다. 오늘이 행복해야 일생이 행복하고, 오늘 하루를 성공적으로 살아가는 사람이, 또 다른 하루인 내일을 성공적으로 살아가게 된다. 모두가 다 잘되기를 바라는 밝고 기쁜 마음이 축복의 조건이 된다.

③ 미래에 대한 긍정: 우선 꿈과 목표가 있고, 그 꿈과 목표가 이루어질 것을 믿고 감사하는 기쁨 등 미래에 대한 긍정을 말한다. 앞일이 어떻게 될지 전혀 예측하기 어렵거나, 좋은 결과를 얻기가 힘든 상황에서도 '모든 것이 다 잘될 것이다'라는 믿음을 잃지 않는 것이 필요하다. '나는 항상 운이 좋다'라는 긍정의 확신과 꿈과 목표에 대한 '나는 할 수 있다'라는 신념을 가지고 있을수록 미래에 대한 긍정심이 커진다. 그리고 상대나 모두가 잘 될 것이라는 좋은 감정으로 변함없는 믿음과 기대를 보내 주는 것이, 나와 상대의 긍정 에너지 레벨을 높이는 최고의 방법이다.

〈3〉 그럼에도 불구하고 긍정

평범한 일상에도 감사하는 것은 조금만 노력하면 할 수 있다. 그런데 실패, 질병, 역경 등 어렵고 힘든 일이 닥쳤을 때 그럼에도 불구하고 그 안에서 좋은 점을 찾으려 하는 능력은 위대한 재능이다. 실패를 성공의 디딤돌로 생각하는 사람만이 위대한 성공을 거둘 수 있다. 작은 실패에 주저앉는 사람은 크게 일을 이룰 수 없기 때문이다. 질병이 왔을 때 내 삶의 부정적인 생각과 잘못된 식생활 습관을 바로잡을 수 있는 기회로 받아들일 수 있는 사람은 더 큰 질병으로부터 벗어날 수 있다.

부정적인 일에서 긍정하기는 자기계발이 충분히 되어 있지 않은 사람은 실천하기 어려운 일이다. 그런데 모든 기회는 문제를 통해서 다가온다고 한다. 그 문제를 어떻게 받아들였느냐에 따라 기회를 잡을 수도 있고 포기할 수도 있는 것이다. 문제가 어려울수록 극복하게 되면, 모든 좋은 일을 끌어당기는 엄청난 긍정의 에너지가 추가될 것이다. 부정적인 일이 발생했을 때 첫째, 이 일에서 내가 배울 수 있는 교훈은 무엇인가를 먼저 생각할 수 있어야 하고, 둘째 이 일을 통해 내 삶이 얼마나 더 크게 발전하고 풍요로워질 수 있는 좋은 기회라고 긍정할 수 있는 능력을 키워 두어야 한다. 그리고 셋째로는 이러한 역경을 이겨 낼수록 내 안의 긍정의 파워를 크게 키울 수 있는 절호의 기회가 제공된 것이다. 그리고 실제로도 나 자신에게도 그러한 성향이 있기에 부정적인 일과 사람이 끌어당겨진 것이라 한다. 그러므로 앞으로 다가올 가능성 있는 부정의 고리를 끊을 기회인 것이다.

그런데 누구나 막상 부정적인 일에 부딪혔을 때는 이러한 생각을 떠올리기는 쉽지 않다. 그러므로 평소에 이러한 '그럼에도 불구하고'를 실천하는 반복적인 연습과 훈련이 되어 있어야만 그 가능성이 높아질 것이다. 나 자신과 상대의 장점을 칭찬하고 단점을 있는 그대로 받아들이는 좋은 습관을 기를수록 가능성이 높아진다. 이러한 좋은 습관은 일상에서 싫은 일이나 사람을 만날 때도 그 순간 내가 하고 있는 그 일에 최선을 다하고 즐기는 습관과 화낼 일이 생겼을 때 '그럼에도 불구하고' 한 번 더 참고 용서하는 훈련으로 시작하면 좋다. 우리의 삶은 내가 참고 인내하고 나 자신을 꾸준히 계발시켰을 때 그리고 몇 가지 삶의 어려운 고비와 문제를 거치면서 더 크고 아름답게 발전하게 된다.

잠재 뇌의 시크릿

잠재 뇌의 시크릿

　뇌는 사람의 탄생으로부터 죽음까지의 일생 동안 생각, 행동, 지식, 지혜, 정보, 습관, 인품, 오감 등 삶의 모든 것을 지배하고 관리하는 '슈퍼 컴퓨터'이다. 사람의 뇌는 태아 14주부터 활동을 시작하며, 1000억여 개의 세포로 태어나며 3세, 7세, 12세, 15세 등 폭발적인 성장기를 거치며 21~25세 정도에 필수적인 것과 주로 사용하는 140억 개 정도로 완성된다. 그 후 30세가 넘으면 10년에 평균 5%, 하루에 보통 10만~20만여 개씩 퇴화가 시작된다. 즐거움, 보람, 감사, 기쁨 등으로 발전하고, 분노, 두려움, 근심걱정 등 부정적인 생각과 행동으로 더 급격히 퇴화한다. 300만 년 전 현생 인류의 조상으로 알려진 오스트랄로피테쿠스에 비해 오늘날에는 뇌의 크기가 3배로 증가했다. 성인의 뇌는 남자 1400g, 여자 1250g 정도로 몸무게의 평균 2% 정도인데, 인체 에너지의 사용량은 무려 20% 이상을 소비한다. 에너지원은 주로 산소와 포도당을 사용한다. 그리고 발달과 기능면에서도 남녀의 차이가 존재한다. 남성의 뇌는 앞과 뒤의 연결성이 강해서 공간 감각과 수학적 사고력이 우수하고, 여성은 우뇌와 좌뇌의 연결성이 강해서 언어와 공감능력, 직관력이 뛰어나다.

사람은 누구나 무엇이든 할 수 있고, 될 수 있는 잠재력을 가지고 태어난다. 하지만 성장발달의 시기를 거치며 잠재 능력의 90% 이상을 잃어버리게 된다고 한다. 또한 사람은 일생동안 뇌능력의 평균 10% 이내로 사용한다고 한다. 뇌는 의식과 잠재의식으로 구성되어 있다. 잠재 뇌 속 '슈퍼컴퓨터'에는 3가지 핵심 정보가 들어 있다. 첫째 누구나 태초로부터의 지구와 인류 역사에 대한 모든 정보가 담겨 있는 인류적인 공통 정보이다. 그리고 둘째 그 집안과 가문에 따라 유전적인 정보로, 우리의 삶에 직간접으로 작용되는 유전적 그룹이다. 셋째는 자신이 일생동안의 학습, 실천, 경험 등으로 쌓고 만들어 가는 삶의 일정이라는 개인적인 정보이다. 이 세 가지 그룹은 알고 모르는 특별한 법칙으로

나와 우리를 바꾸는 습관의 시크릿

연결되어 있고, 우리의 삶에 다양하게 접속되고, 작용하고 있다.

　나 자신의 육체와 정신의 발달과 퇴화의 과정에 대한 과정을 알고 있어야, 그 삶의 일정에 따른 건강과 행복 그리고 성공에 대한 꿈과 목표를 제대로 세울 수 있을 것이다. 육체의 성장 발육기이자 정신의 미성숙기인 청소년기(15~16세)까지는 모든 변화를 쉽게 받아들이고 숙달된다. 그래서 청소년기의 변화와 숙달 가능성의 문은, 2차 퇴화기로 들어가는 40세 이후의 성인보다는 훨씬 더 크게 열려 있다. 그 문은 육체와 정신적 성장이 거의 완료 단계인 25세에서 유지기인 30세까지 10분의 1 이하로 줄어든다. 그리고 일제히 퇴화기로 들어가는 30대 이후로는 1~3%대의 변화 가능성이 남겨진다. 이후로 굳어진 각종 한계의 벽을 돌파하려면, 특별한 계기나 깨우침이 필요하다. 그래서 청소년기까지의 학습과 습관이 가장 중요하며, 늦어도 25세에서 30세 이전에 변화와 도전을 시도하는 것이 유리하다. 그 이후로는 훨씬 더 많은 시간과 노력이 추가로 요구되거나, 21세기 명품 멘토와의 만남이나 특별한 깨달음이 있어야 가능하다.

　사람은 누구나 사랑받고 행복하기 위해 태어났고, 자신의 노력에 의해 무엇이든 이룰 수 있는 존재이다. 하지만 잠재 뇌에는 모든 가능성이 나이와 상황에 상관없이 항상 남아 있다. 누구나 언제든지 꿈과 목표를 이룰 수 있다. 단지 잠재 뇌와 습관의 특성에 대한 정보 등을 잘 알고 준비하고 실천하는 사람에게 기회가 조금 더 주어지게 된다. 이러한 사실들은 세계 5대 성인, 기적의 치유를 이룬 사람들, 영웅과 전설, 부와 성공을 이룬 사람들의 기록과 역사로부터 증명되어 왔고 배울 수 있다. 잠재 뇌와 습관의 특성과 작동 원리는 삶의 진리와 자연과 우주의 법칙이나 끌어당김의 법칙 그리고 기도의 법칙 등과도 관련되어 있다.

〈1〉 잠재의식에는 남이 없다

우리가 생각하고 말하는 것은 언어로 바꾸어져 잠재 뇌에 입력된다. 그런데 잠재 뇌에는 상대가 없고 오로지 나만 있을 뿐이다. 이것은 잠재 뇌와 하늘의 법칙과의 공통점이다. 그래서 상대를 비난하고 불평하는 것은 나 자신을 부정하는 것과 같다. 또한 상대를 진심으로 칭찬하고 축하하는 것은, 나 자신을 축하하고 칭찬하는 것과 같다. 즉 내가 하고 있는 모든 말이 그대로 하늘에 이렇게 해 달라는 기도와 같은 효과가 있다.

평소에 상대나 세상에 대한 분노, 불평, 비난, 근심, 걱정 등은 실패와 역경을 끌어당기게 되며, 자신이나 상대에게 부정적인 악업을 쌓는 결과를 초래한다. 그러므로 상대를 평가하고 심판하는 것은, 건강과 행복 그리고 성공으로부터 멀어지는 일이다.

평소에 부정적인 말과 생각을 가급적 피하려고 노력해야 한다. 우리가 평소에 좋은 생각과 좋은 말을 하는 아름다운 습관을 가져야 하는 이유가 이곳에 있다. 내 운명과 미래는 자신이 스스로 만들어 가는 것이다.

〈2〉 '척하는 것'을 구별하지 않는다

우주의 사랑 방정식과 잠재 뇌의 입출력 방식은 같은 공식으로 작동한다. 즉 하늘은 내가 하고 있는 말을 그것이 긍정이든 부정이든 가리지 않고 그대로 들어주려는 사랑의 방식이 있다. 그런데 잠재 뇌도 즐거워서 웃으나 정말로 웃으나 똑같은 레벨의 입력을 한다. 그리고 실제 상황은 그렇지 않더라도, 운이 좋은 척 말과 행동을 실천하다 보면, 우리의 뇌는 그것까지 허용하여 실제로 운이 좋은 상태로 입력을 하고, 내 삶으로 좋은 일들을 끌어당긴다. 그래서 건강과 행복에서도 마찬가지로, 현재 느끼고 있는 감정 즉 행복감과 건강감이 무엇보다도 중요한 포인트이다.

즉 실제상황과 그런 척하는 상황은 모두 구별되지 않고 같은 효력을 발휘하게 된다고 한다. 하늘은 척하는 것까지도 그 정성과 노력을 큰 사랑의 마음으로 인정해 주는 것이다. 각종 연구에 따르면, 운동선수가 훈련을 운동장에서 직접 하는 것과 상상 속에서 이미지로 연습하는 것과, 그 효과가 크게 차이 나지 않는다고 한다. 현재의 부족한 상황이 아닌, 10년 후에 꿈과 목표를 미리 '이루어진 척'하는 '성공 이미지' 떠올리기가, 내 삶으로 성공을 끌어당기고 이루는 핵심 포인트이다. 평소에 '나는 항상 운이 좋고, 모든 것이 다 잘될 것이다'라는 자기 확신과 행운감을 가지고 살아가는 것은, 좋은 일을 내게로 끌어당기는 21세기 플러스 공식이자 비법이다.

〈3〉 '예스'만으로 소통한다

잠재 뇌와 하늘의 또 하나의 공통점은 '예스'만으로 소통한다는 점이다. 잠재 뇌는 정말 충직한 하인과 같은 역할을 한다. 그래서 첫 입력에 따라 그 방향으로, 또한 마지막 입력에 의해 방향을 바꾼다. 어떤 상황이나 문제에 부딪쳤을 때 내가 첫 번째 보내는 말과 질문에 대한 답과 해결책을 찾기 위해 바로 움직이기 시작한다. 그러므로 어떠한 일에든 '그 일이 잘 될까?', '글쎄', '그래도' 등 부정적인 첫 단어나 질문을 던져서는 결코 좋은 결과를 기대할 수 없다. 왜냐하면 그 일이 안 되는 이유와 안 될 수밖에 없는 경우를 계속 충실한 하인처럼 끌어당기게 될 것이기 때문이다.

그리고 최종적인 말과 단어의 사용에도 부정어를 주의해야 한

나와 우리를 바꾸는 습관의 시크릿

다. 우리의 잠재 뇌는 마치 알라딘 요술램프의 지니처럼 주인이 하는 말은 무엇이든 그대로 들어준다. 그러니 마지막 단어에서도 '어렵다', '힘들다', '싫다' 등 부정어를 사용하면, 질병, 실패 등 부정적인 일을 끌어당기게 되니 조심하여야 한다. 평소에 말하는 대로 운명과 미래가 흘러간다. 그래서 무엇보다도 우선해서 긍정의 언어습관을 배워 두는 것은 중요한 일이다. 또한 아침에 눈을 뜰 때 '자기 긍정의 선언'을 하는 좋은 습관은, 하루의 삶을 긍정으로 이끄는 훌륭한 공식 중에 하나이다. 우리는 자신이 주인인데도 잠재 뇌의 작동방식을 몰라서 스스로 입출력을 잘못한 탓에, 원치 않는 부정적인 일들을 자신에게 불러들이고 있다.

〈4〉 책임감이 강하다

내 삶의 최종적인 결정과 선택은 항상 내가 내린 것이다. 우리 잠재 뇌는 충직한 하인이기 때문에 책임감이 엄청나게 강하다. 그런데 무슨 문제에 부딪혔을 때 '100% 나의 책임'이라고 여기면, 나의 잠재 뇌는 혼신의 힘을 다해 그 문제에 대한 해결책을 찾아낼 것이다. 그런데 나도 잘못했지만 상대나 환경, 조건 등에게도 일부 책임이 있다는 생각을 갖게 되면, 잠재 뇌는 충실한 책임을 지려 하지 않는다. '100% 자기 탓'을 해야 그제야 올바른 해결책을 찾기 시작한다. 결국 자신의 부정적인 입력 탓에 의해 해결의 실마리를 찾을 기회를 놓치게 된다. 그래서 항상 주변과 세상을 탓하는 사람 치고, 성공적이고 행복한 삶을 살아가는 사람은 드물다.

살아가다 문제가 발생했을 때, 내 안에서 습관이나 인품 등을 재점검하거나, '21세기 성공 공식과 비법'에서 문제 해결의 실마리를 찾아야, 해결 가능성이 존재한다. 그런데 만일 상대를 탓하거나 외부 조건이나 환경이 바뀌기를 기다린다면, 언제 해결될지 전혀 기약이 없을 것이다. 그 이유는 상대나 주변이 변하기만을 기다리는 것은, 어쩌면 영원히 해결되지 못할 가능성도 있기 때문이다. 부처님은 '모든 문제의 해결책은 항상 내 안에 있다'라고 강조하셨다. 그러므로 다른 사람이나 외부의 환경을 탓하지 않는, '100%의 책임감'이라는 습관을 기르는 것은, 결국 삶에서 다가오는 각종 문제 해결의 공식이다. 또한 성공과 행복 그리고 건강을 끌어당기는 중요한 핵심 포인트이다.

〈5〉 항상성이 있다

뇌는 몸과 마음 그리고 습관 등 모든 것을 지배하고 관리한다. 습관의 형성도 잠재 뇌의 원리와 특성에 관계된다. 3주 이상 반복적으로 계속되는 말이나 행동은 뇌의 기억 세포인 해마에 의

나와 우리를 바꾸는 습관의 시크릿

해 1차 습관으로 착상되고, 3개월 이상 반복되는 습관은 인체의 새로운 세포와 잠재 뇌의 입구에 2차 습관으로 등록되고, 3년 이상 지속되면 잠재 뇌에 정식으로 습관의 폴더가 완성된다. 일단 습관의 폴더가 완성되면, 그 후로는 모든 일을 받아들이고 처리하는 방식을 잠재 뇌의 습관의 폴더가 대신 맡아서 하게 된다. 즉 습관은 처음에는 내가 만들지만 일단 완성되고 시간이 흐를수록, 자신도 모르는 사이에 습관의 노예가 되어 버린다.

습관은 변화를 거부하는 항상성을 가지고 있다. 숨 쉬고, 먹고, 뛰기 등을 그때그때 뇌의 지시로 작동하려면 반응속도가 너무 느려지고 에너지 소모가 많아진다. 또한 그러한 작동 방식은 인간이 만물의 영장이 아니었던 원시 시대에는, 육식동물이나 적들로부터 생명을 유지하기 어려웠을 것이다. 그리고 일을 받아들이고 처리할 때마다 그때그때 해결해야 한다면, 수많은 에너지가 소모되어 식량공급도 그만큼 더 많아야 하는 문제점도 발생한다. 그래서 3년 이상 습관이 되면 에너지 낭비를 막기 위해, 특별한 사항이 아닌 한 그대로 유지하려는 항상성이 필요하게 되었다. 이러한 특수한 항상성 때문에 일단 완성된 습관의 폴더는 수정과 삭제가 만들기보다 훨씬 더 어렵다. 시작은 반이라고 한다. 어린 시절에서부터 나쁜 습관을 줄이고, 좋은 습관을 길들이려고 노력해야 한다.

〈6〉 발달과 퇴화가 진행된다

21세기 들어 우리의 몸과 마음을 지시하고 통제하는 뇌에 대한 연구가 활발하게 진행되고 있다. 뇌는 우리의 생각과 행동 등 모든 것을 총괄 조종하는 슈퍼컴퓨터에 해당한다. 사람은 약 1000억 개의 뇌세포를 가지고 태어난다. 그 후 몸과 마음의 발달과 성숙의 단계에 맞춰, 여러 차례의 폭발적인 성장과 사용하지 않거나 필요하지 않은 부분에 대한 삭제와 퇴화가 진행된다. 그러다 인체의 최정상기인 21~25세경에 약 140억 개로 최종적으로 완성된다.

그 후로 30세가 넘으면 10년에 5%씩 퇴화하며, 하루 10~20만 개씩 파괴된다. 인체의 퇴화도 동시에 진행된다. 40세와 60세경에 면역력과 건강의 계단이 한 단계씩 떨어지고, 각종 성인병이 발생한다. 그리고 50세가 넘으면 기억 세포인 해마세포의 퇴화가 시작된다. 60세를 전후로 건강이 한 계단 더 떨어지면서, 뇌의 무게도 90% 정도로 줄어들기 시작한다. 그로 인해 의욕이 줄거나 고집스러워지고, 급하거나 예민해질 수 있으니 더욱 주의해야 한다. 그래서 나이가 들어갈수록 화낼 일 참고 용서하기, 부드러운 말과 행동하기, 더 많이 웃기 등 점점 더 좋은 습관과 인품을 길러야 건강과 행복을 지킬 수 있다. 삶은, 영원히 살 것처럼 배우고, 내일 떠날 것처럼 즐겁게 살아가야 하는, 학교이다.

나와 우리를 바꾸는 습관의 시크릿

주 에너지원으로 사용되는 산소와 포도당 공급도 필요하며, 식습관과 호흡법(코와 심호흡) 등도 뇌의 발달과 퇴화에 중요한 역할을 한다. 그리고 새로운 도전과 변화 등의 창조적인 일과 기쁘고 즐겁거나 보람 있는 일을 할 때 뇌가 발달한다. 왜냐하면 의학적으로도 새롭거나 즐겁고 기쁜 상태에서 뇌가 성장 발달하기 때문이다. 그래서 감사와 칭찬으로 살아가면 엔도르핀이 분비되고 면역력이 높아져 건강과 치유의 삶에 도움이 된다. 그리고 분노나 두려움, 근심걱정 등 부정적인 상황에서는 노르아드레날린이 분비되고 뇌세포가 순식간에 꺼져 가며 질병과 퇴화가 촉진된다. 특히 걷기 운동과 심호흡 그리고 천천히 오래 씹기와 웃음은 어려서의 뇌 발달 과정과 노년의 퇴화에 모두 큰 영향을 미친다. 이러한 원리들을 잘 이용한다면, 즐거운 건강장수를 위해 암, 치매 등 퇴행성 질병 예방과 노화속도를 늦출 수도 있을 것이다.

그리고 어떤 일이든 즐거운 마음으로 반복적인 연습과 훈련이 계속되면, 신경 전달 세포의 피막(미엘린)이 점점 더 두꺼워지고, 반응 속도가 수십 배 이상 빨라져서 그 일을 훨씬 더 잘하게 된다. 그래서 천재보다는 노력하는 사람이, 노력보다는 좋아하는 사람이, 좋아함보다 즐기는 사람이 성공하는 최고의 프로가 될 수 있다. 무슨 일을 하든 그 일을 즐기며 최선을 다할 때, 창조적인 직관력이 발생하여, 성공 프로를 이룰 가능성이 높아진다. 21세기에는 한 걸음 더 나아가, 그 일에 열정적으로 미친 사람이 각 분야에서 앞서나가는 프로너머의 프로가 된다고 한다. 그리고 어린 시절의 사랑과 존중 그리고 학창시절의 즐거움과 기쁨을 유지하게 하는 칭찬의 효과는 뇌 발달이나 좋은 습관과 인품의 형성을 돕는다.

〈7〉 특정한 입출력 방식이 있다

우리 잠재 뇌는 특정한 방식으로 입력된다. 우리가 보고, 듣고, 느끼는 모든 것이 언어로 정리되고 바뀌어 입력된다. 그러므로 평소에 긍정의 언어습관을 습득하고 있어야 잠재 뇌에 긍정의 끌어당김 에너지가 쉽게 충전된다. 사랑과 감사는 1단계요, 칭찬과 용서는 2단계요, 감동은 3단계의 파워로 저장된다. 우리가 평소에 사용하는 긍정의 단어에서 '감사합니다, 고맙습니다, 사랑합니다'를 사용하면 긍정의 문이 열리게 되고 '축하합니다, 멋집니다' 등 축하와 칭찬을 하면 긍정의 힘이 배가 되고 '훌륭하다, 경이롭다. 특별하다. 대단하다' 등 상대에게 감동을 일으키는 단어를 주로 사용하면, 뇌가 활성화되고 창조적으로 발전하게 된다. 그러므로 평소에 사용하는 언어습관과 자신의 뇌 발달 그리고 운명과 미래가 직간접으로 연결되어 있다.

말에 감정을 실으면 입력이 더욱 강해지고, 상상력을 동원하여 성공 이미지를 추가하면 입출력이 최고로 강력해진다. 감정은 말보다 항상 끌어당김 에너지가 강하다. 그 이유는 태어나서 말을 제대로 하기 이전에는 보고, 듣고, 느끼는 감정에 의해 입출력이 시작되었고, 그래서 습관의 씨앗의 핵심부가 감정으로 형성되어 있기 때문이다. 그리고 뇌와 좋은 습관의 성장 발달에는 6세 이하에 사랑과 존중에 의한 사랑의 물 주기에 의한 자존감의 씨앗 형성이 중요하다. (명상에서 3~5세의 내면의 어린아이가 감정적인 이유이다.)

또한 자신의 미래에 대한 꿈과 목표가 제대로 설정되어 있어야 성공 이미지가 강하게 형성된다. 선명하게 영상을 떠올리고 그릴수록 끌어당김 에너지가 강해진다. 건강과 행복에 대한 현재의 믿음도 미래의 건강과 행복도 끌어당긴다. 그러므로 현재의 상황이 아무리 자신의 기대에 미치지 못하거나 좋지 않은 상태일지라도, 결국 꿈이 이루어질 것이라는 상상력과 믿음 그리고 현재의 자신의 삶에 대한 감사하는 기쁨과 믿음으로 살아가야 한다. 그러면 하늘은 그 성공 이미지와 믿음에 대한 생각을 그대로 받아들여, 바라는 꿈과 삶이 이루어지는 방향으로 힘을 실어 주게 된다. 뇌와 좋은 습관의 완성에는 학창시절에 부모나 선생님 등 주변의 칭찬, 격려, 기대 등 사랑과 칭찬의 물 주기에 의한 자존감과 자신감 형성이 필수적이다.

기적의 치유물질이 발생하기를 원한다면, 일상생활 속에서 긍정의 힘을 극대화하여야 한다. 암 등 질병의 30%는 식생활습관이 원인이고, 70%는 부정적인 마음이 원인이다. 분노, 두려움, 불평, 근심걱정 등 부정적인 마음에 의한 스트레스가 증가하여, 질병 발생의 주요 원인 물질인 활성산소가 발생하기 때문이다. 만일 주로 부정적인 마음이 원인으로 발생된 암이나 질병이라면, 사랑과 감사의 긍정의 마음으로 전환되면 면역력이 급격히 증가하게 되어 치유의 가능성이 열리게 된다.

21세기의 질병과
건강법

21세기의 질병,
건강과 기적의 치유법

21세기에 증가할 질병 예측과 발생원인

〈1〉 21세기에 급증할 질병 예측과 발생원인

1) 기존의 질병 발병률 높아짐

(원인: 환경오염, 인스턴트 식품, 음료, 비만, 스트레스, 평균 수명 연장)

→ 고혈압, 당뇨, 암, 알레르기, 위염, 장염, 심장병, 두통, 감기, 충치….

2) 신경성 질환 증가

(원인: 위기와 경쟁 시대의 스트레스, 두려움, 불안, 근심걱정 증가)

→ 신경 예민증, 우울증, 공황장애, 불면증, 편두통, 시린 이….

3) 퇴행성 질병 증가

(원인: 평균 수명 연장, 스트레스, 식생활습관)

→ 골다공증, 관절염, 디스크, 암, 치매, 풍치….

〈2〉 질병과 치유의 면역력 결정 3요소

1) 혈액의 탁함과 순환장애

질병의 주요 원인은 혈액의 탁함과 순환장애이다. 혈액이 탁해지는 원인은 주로 스트레스와 부적절한 식생활 습관에 있다. 그리고 혈액순환 장애는 운동부족, 비만, 심혈관계 질병, 스트레스, 잘못된 자세 등에 있다. 음식을 크고 빠르게 먹는 식생활 습관도 소화 흡수 계통의 부정적인 연쇄 작용에 의해 염증을 유발하고 혈액을 탁하게 한다. 대다수의 질병이 그렇듯이 식생활습관 질환은 보통 10~30년 정도 진행이 되어서야 질병으로 나타난다. 그러니 지금 현재의 부정적인 생각과 행동을 계속해도 별로

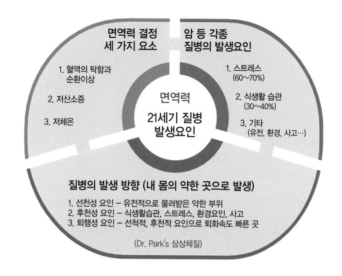

내 삶에 부정적인 일이 발생하지 않아서 괜찮고 아무런 문제가 없는 것이 아니다. 조금씩 누적이 돼서 질병 발생의 임계점을 넘으면 그때 발병되는 것이다. 세상 모든 일은 원인과 결과의 법칙에 따라, 뿌린 대로 거둔다.

2) 저산소증(호흡)

산소는 기본적인 삶의 유지조건인 인체의 신진 대사에 필수물질이다. 신진대사에 의한 세포에 발생되는 노폐물을 태우는 주요 에너지원이기도 하다. 이처럼 생명활동에 필수적인 산소는 주로 호흡에 의해 공급되며 피부나 각종 세포 등에 의해서도 흡수된다. 그런데 현대인은 대다수가 저산소증 상태이다. 그 이유는 호흡이 빨라지고 호흡점이 높아졌기 때문이다. 빠른 호흡은 스트레스와 경쟁의 시대를 살아가다 보니, 마음이 급해지고 행동이 빨라졌기 때문이다. 호흡이 빨라지고 높아지면 외부의 산소 흡입량이 적어지고, 내부의 이산화탄소의 배출량이 적어져서 활력에너지가 부족해지고 각종 질병의 원인이 된다. 인체는 나이가 들어 갈수록 탄수화물 에너지 대사에서 산소에너지 대사의 비율이 높아지게 된다. 그래서 면역력이 떨어지는 40세가 넘으면 건강장수를 위해 탄수화물 섭취를 줄여 나가고 산소공급을 늘려 가야 한다.

3) 저체온(운동)

체온이 1도 떨어지면 암세포가 30% 증가한다고 한다. 현대인의 체온은 점점 떨어지고 있다고 한다. 그 대표적인 원인은 운동 부족과 스트레스이다. 스트레스는 인체의 모든 신진대사 효율을 떨어뜨려 저체온을 초래한다. 웃음은 스트레스를 해소하는 최고의 명약이며, 긍정의 힘, 성격, 인품에도 최고의 보약이다. 이러한 체온을 유지하는 가장 좋은 방법은 걷기와 웃음이다. 인체 근육의 70%는 하체에 몰려 있고, 열을 내는 작용은 주로 근육에서 한다. 근력이 떨어지면 혈액순환에도 문제가 발생하고, 체온도 떨어지게 된다. 하체의 운동은 걷기에서 시작되고, 중간부위의 운동은 복식 호흡과 스트레칭에서, 상체의 운동은 웃음과 저작 운동에서 시작된다. 과식도 소화흡수에 인체 에너지를 과잉 소비시켜 체온을 낮춘다. 현대인이 더울 때 온도를 너무 춥게 내리거나, 겨울철에 춥게 입고 다니는 것도 체온을 낮게 한다.

〈3〉 질병 발생의 원인

1) 스트레스

스트레스는 각종 질병의 가장 큰 원인 중 하나이다. 스트레스에 명약은 웃음과 즐거움이다. 평소에 잃어버린 웃음과 즐거움의 빈자리를 질병과 불행이 찾아들게 된다. 특히 나이가 들수록 웃음이 줄어들고 질병은 폭발적으로 많아진다. 스트레스를 받으면, 노르아드레날린 등 스트레스 호르몬 분비가 증가되어 면역력이 떨어지게 된다. 각종 연구에 따르면 스트레스 핵심 원인은 가정에서의 행복, 직장에서의 성공과 가장 밀접한 관계를 맺고 있다고 한다. 21세기가 진행될수록 각종 위기와 경쟁은 점점 더 심해질 것이고, 그에 비례하여 스트레스는 증가할 것이다. 이러한 현상들이 피할 수 없는 것이라면, 그를 해소할 수 있는 긍정의 힘과 좋은 습관과 인품을, 자기 계발을 통하여 늘려 가야 한다.

2) 식생활습관

인류 질병의 대다수는 식생활 습관성 질환이다. 현대인에게는 시간이 흐를수록 점점 더 식생활 습관 문제가 발생할 수밖에 없다. 그 이유는 환경오염으로 인하여 우리가 먹는 채소와 과일에는 더 많은 농약이 뿌려져야 하고, 육류에도 질병을 예방하기 위해 어려서부터 항생제를 투약할 수밖에 없기 때문이라고 한다. 그에 더해 인스턴트 식품과 각종 음료, 맵고 짠 음식의 섭취량은 시대가 흐를수록 늘어 가고 있다. 그리고 걷기와 운동이 줄고 과식과 식사 속도는 빨라져 비만은 늘어 가고 있다. 시간이 흐를수록 환경오염은 심해지고 피할 수 없을 것이다. 그렇다면 과식, 음주, 흡연 등 몸에 해로운 식생활습관을 줄여 나가야 한다. 특히 어린 시절에 올바른 식생활 습관을 체험하고 갖추는 것은, 일생의 건강과 행복을 좌우하는 중요한 일이다.

3) 기 타

태어난 환경은 삶에 많은 영향을 준다. 태어난 가정, 지역, 국가 등에 따라 식생활습관과 성품도 차이가 난다.

불의의 사고도 늘고 있다. 과거에 일부 지역적이었던 질병들이 세계적으로 순식간에 퍼지고 있다. 환경오염으로 인한 동식물의 질병이 급증했고 인간에게도 감염이 확산되고 있다. 또한 인류의 수명 증가는 21세기 들어 대표적인 질병 발생 요인으로 떠오르고 있다.

일상생활에서 면역력을 높이는 법

21~22세기가 진행될수록 건강과 행복의 위기가 심해질 것이다. 하지만 한편에서는 건강장수를 누리게 될 것이다. 위기와 기회 중 어느 쪽을 선택하느냐는 자신이 선택하고 결정하는 것이다. 건강과 체력은 성공적이고 행복한 삶의 필수 조건이자 21세기 고용의 위기시대에 명품 실력과 더불어 최대의 경쟁력이 될 것이다. 질병과 치유의 면역력 결정 3요소와 질병 발생의 3대 원인에 대한 정보를 파악하고 대비하여야 한다. 일상에서 면역력을 높이는 법을 참고로 하여 미리 대비책을 세우고 실천해 나간다면, 쉽게 기회를 선택할 수 있을 것이다. 22세기는 개인이나 국가 모두에게 생존과 번영 게임이다. 나 자신과 가정 그리고 국가와 백년 후의 후손을 위해, 무엇보다도 우선하여 건강한 습관을 물려주어야 한다.

〈1〉 면역력을 높이는 법

① 올바른 식생활습관(천천히 오래 씹기, 소식, 과음과 흡연 피하기…)

② 매사에 감사하는 습관과 자신을 사랑하기(자기계발로 긍정의 힘 기르기)

③ 운동(걷기, 스트레칭 등 무리하지 않는 꾸준한 운동습관)

〈2〉 면역력을 2배 이상 높이는 법

① 웃음(면역력 증진 최고의 명약, 웃으며 인사하기 등 평소 일상생활에서 미소와 웃기를 실천하기. 기쁜 마음으로 매사를 즐기는 긍정적인 삶의 자세)

② 칭찬과 배려(자존감과 자신감을 길러 주고 삶에 활력 에너지 높임)

③ 웃으며 박수치기 운동(우리의 잠재 뇌는 억지로 웃으나 기쁜 일로 웃으나 같은 양의 호르몬을 분비함. 편한 자세로 웃음을 동요, 가요 등 좋아하는 음악에 맞춰 가사를 '하하', '호호'로 바꾸어 손과 발 등으로 박수치는 운동)

〈3〉 면역력을 3배 이상 높이는 법

① 눈물이 날 정도의 큰 감동이나 깨달음(배움, 봉사, 음악, 운동, 독서, 영화, 여행 등 자신의 삶에서 커다란 감동을 받을 때 기적의 치유물질이 발생)

나와 우리를 바꾸는 **습관의 시크릿**

② 용서(모든 기적의 치유와 마법의 삶에는 사랑과 감사가 들어 있다. 그리
   고 사랑은 감사로 시작해서 용서로 완성된다. 용서는 최상급 긍정에너지.)

③ 명상(마음 비우기와 내려놓기로 정화와 평화의 깨달음에 이르는 지름길.
   스트레스 해소와 생각과 행동을 결정하는 잠재 뇌를 변화시키는 가장 효
   과적인 방법. 명상은 21세기 건강과 행복의 필수 키로 떠오르고 있음.)

긍정의 힘과 건강법

기적의 치유물질이 발생하기를 원한다면, 일상생활 속에서 긍정의 힘을 극대화하여야 한다. 암 등 질병의 30%는 식생활습관이 원인이고 70%는 부정적인 마음이 원인이다. 분노, 두려움, 불평, 근심걱정 등 부정적인 마음에 의한 스트레스가 증가하여, 질병 발생의 주요 원인 물질인 활성산소가 발생하기 때문이다. 만일 주로 부정적인 마음이 원인으로 발생된 암이나 질병이라면, 사랑과 감사의 긍정의 마음으로 전환되면 면역력이 급격히 증가하여 치유의 가능성이 열리게 된다. 하지만 어느 한 가지 요인일 때보다는 두세 가지 요인이 섞여 있는 확률이 높다. 그러므로 각종 요인에 대한 점검과 개선이 필요하다.

현대의학의 발달로 조기발견과 첨단장비 그리고 수술법의 발

전으로 많은 치료가 이루어지고 있다. 하지만 운이 좋아 치료가 됐다 하더라도 질병발생의 근본적인 원인인 부정적인 사고와 식생활습관을 개선하지 않았다면 또다시 재발이나 전이가 발생할 것이다. 가장 중요한 것은 병에 걸리지 않게 예방하는 것이다. 이러한 새로운 건강법은 암 등 질병이 걸려 회복이나 치유를 원하거나, 각종 질병을 예방하고 싶은 사람에게 필요한 정보가 될 것이다. 또한 기적의 치유물질은 긍정의 힘의 최고 단계에서 발생하는 것이므로, 건강학적 치유뿐만 아니라 성공과 행복을 끌어당기는 작동 원리로도 널리 적용될 수 있을 것이다.

〈1〉 본인의 회복 의지와 치유에 대한 긍정적인 믿음과 생각

무엇보다도 병을 치유하고자 하는 본인의 회복 의지가 가장 중요하다. 그래야 자신의 살아온 삶에서 문제점을 찾아서 개선하고, 긍정적으로 변화하려는 동기부여와 실천의지가 발생한다. 본인이 스스로 변화하려는 회복의지와 개선하려는 도전의식이 있어야만 가능한 일이기 때문이다. 그에 더해 '나는 반드시 회복될 수 있다'라고 믿는 긍정적인 마음이 필요하다. 병 발생의 원인인 부정적인 마인드와 식생활습관의 문제점을 찾아내어, 스스로 개선하려는 노력이 있어야만 치유의 가능성이 남아 있게

나와 우리를 바꾸는 습관의 시크릿

된다. 성공과 행복 그리고 건강한 삶을 원한다면, 모든 곳에 대입되는 '자신이 믿고 있지 않는 일은, 내게서 결코 일어나지 않는다'라는 삶의 베스트 진리를 기억해 두어야 한다.

암 등 질병을 선고 받았을 때 낙담, 포기, 원망 등을 하는 부정적인 사람은, 그동안 10~20년 동안 서서히 자라 오던 질병 세포가 그 순간부터 수십 배로 활성화되어 걷잡을 수 없는 속도로 악화되거나 전이가 된다. 사람은 누구나 몸속에 치유를 일으키는 면역력이라는 명의를 가지고 있다. 하지만 그 치유의 능력을 최대로 발휘하게 하는 것은 사랑, 감사, 웃음, 감동, 용서 등 자신의 긍정의 힘에 달려 있다. 즉 기적의 치유 에너지도 긍정 에너지의 한 부분이기 때문이다. 자신을 믿는 능력은 긍정의 힘을 최대 파워로 작동시키는 훌륭한 재능이다. 그래서 자신에 대한 신뢰가 성공의 제1조건이라고 한다. 운이 좋다고 생각하는 사람에게만 행운이 다가오듯이, 자신의 건강과 면역력을 믿는 사람에게 건강한 치유의 삶이 다가온다.

〈2〉 웃는 얼굴로 즐겁고 기쁜 마음으로 살아가는 긍정의 힘

웃음은 스트레스를 해소하는 최고의 명약이며 부작용이 없는 만병통치약이다. 혈액순환을 촉진하고, 활성산소의 발생을 줄

여 주어 면역력을 높여 준다. 노먼 커즌스는 코미디 등을 보며 크게 웃음으로써 통증으로부터 벗어나기 시작했고, 급기야는 강직성 척수염이라는 불치의 병으로부터 기적적으로 치유될 수 있었다. 행복하거나 즐거워서 웃는 것이 아니라, 웃다 보면 행복하고 즐거워지는 것이 쉬운 길이다. 즐거운 웃음은 면역력을 더욱 높인다. 이처럼 웃음은 질병의 치유나 예방을 위해서 필요한, 부작용 없는 최고의 명약이다. 밝게 웃지 않는 얼굴에는 치유의 천사가 찾아오지 않는다.

행복해서 웃는 것이 아니라 밝게 웃어서 행복이 찾아온 것이고, 성공해서 웃는 것이 아니라 매력적으로 웃다 보니 성공이 끌어당겨진 것이다. 심각한 질병으로 인해 현실적으로 고통스럽고 전혀 웃을 수 없는 상황이더라도, 치유를 간절히 원한다면 그래도 웃을 수 있어야 한다. 다행히도 우리의 잠재 뇌는 억지로 웃으나 즐거워서 웃으나 같은 면역 반응을 보인다. 기쁜 마음으로 웃는 일상생활은 건강뿐만 아니라 만복을 불러들이는 관문이다. 밝게 웃는 좋은 습관을 몸에 배게 하려면, 평소 일상생활에서 자신이 하고 있는 크고 작은 일들을, 즐겁고 기쁜 마음으로 해 나가는 연습과 훈련이 필요하다.

〈3〉 자신과 이웃을 사랑하고
매사에 감사하고 용서하는 긍정의 힘

마법 같은 삶이나 치유에는 언제나 사랑과 감사의 긍정의 에너지가 들어 있다. 그러므로 우선 자신을 사랑하는 긍정의 힘을 높여야 한다. 그리고 이웃과 세상만물을 사랑하고 매사에 감사하는 마음이 있어야, 기본적인 조건이 갖추어진다. '고맙습니다. 감사합니다, 미안합니다. 용서합니다. 사랑합니다'라는 말에는 면역력을 높여 주는 신비로운 힘이 들어 있다. 말하는 대로 인생이 흘러가는 것이므로, 평소에 자신이 사용하고 있는 말이나 언어습관을 점검해야 한다. 평소에 분노, 불평, 비난 등 부정적인 마음을 비우고 내려놓아야 한다. 용서하지 못한 일들이 남아 있는 한 그만큼 기적의 치유물질을 발생시킬 만한 긍정의 힘이 부족하게 될 것이다. 그러니 자신의 건강과 행복을 위해서 용서해야만 긍정의 힘이 작동하게 된다. 사랑은 항상 감사로 시작해서 용서로 완성된다.

식생활습관과 건강법

질병의 80%는 식생활습관성 질환이라 한다. 식생활습관이 질병 발생의 주요 원인이라면, 자신의 식생활습관을 분석하여 문제의 원인을 개선해야 한다. 그런데 습관을 고치려면, 습관의 원리와 특성에 대한 정보를 알고 실천해야 한다.

〈1〉 천천히 오래 씹기, 크고 단단한 음식을 줄이기

21세기 가공식품과 공해시대에는 우리가 먹는 음식물에 각종 몸에 해로운 성분들이 많이 들어갈 수밖에 없다. 그러니 우리가 먹는 음식은 대부분의 경우 동물은 항생제, 식물은 농약, 가공식품은 방부제 등에 오염되어 있다. 즉, 독약이 든 음식을 먹고 내 몸이 건강하기를 바라고들 있다. 그리고 그러한 경향은 점점 더 심해져 갈 것이다.

따라서 아무것도 안 먹고 살거나 본인이 직접 키우고 길러서 먹을 수밖에 없을 것이다. 그렇다면 인류에게는 희망이 없는 것인가? 그렇지는 않다. 창조주는 우리의 침 안에 많은 해로운 물질을 해독할 수 있는 성분을 넣어 주었다. 최근에 연구에 의하면 암을 일으키는 활성산소까지 제거할 수 있는 성분이 있다고 한다. 그렇다면 천천히 오래 씹어서 내가 먹는 음식물을 충분이 분쇄하여 침이 잘 섞이게 하여 오염된 물질을 정화시키고 제독시켜 먹는 방법이 필요한 시대가 되었다. 여기서 한 가지 중요한 것은 이러한 특별한 물질들은 즐겁고 감사하는 마음으로 먹을 때 많이 분비된다는 사실이다. 어쩌면 창조주는 우리들이 즐겁고 감사하는 마음으로 살아가기를 바라고 있었는지도 모른다.

그러면 얼마나 천천히 씹어야 하는가? 야채나 부드러운 음식물은 30번 이상, 고기나 질긴 음식은 50번 이상 씹으면 된다. 요즘은 가공식품이 많이 나오는 바람에 열 번도 씹기 전에 삼키는 경우가 많아졌다. 즉 식사 속도가 빨라질수록 비만도는 높아지고 질병도 그에 비례하여 많아진다. 누구나 귀하게 태어났듯이 동식물로 각자 본연의 좋은 성분을 지니고 있다. 그러니 감사히 먹겠다는 감사 인사와, 충분히 오래 씹어 음식물이 가지고 있는 각자의 영양분과 고유의 약효를 섭취하는 것은, 나를 위해 목숨을 바친 동식물에 대한 최소한의 예의이다. 침을 충분히 섞어 주려면 미리 음식을 작게 잘라서 먹는 습관을 들이는 것이 좋다. 침이 충분히 나오려면 8~10잔의 물을 섭취하여야 한다. 음식을 오래 씹으려면 치아와 잇몸도 건강해야 한다. 치아를 오래 보존하고 잇몸에 염증을 줄이고 혈액을 맑게 하려면, 음식을 작게 잘라서 천천히 오래 씹는 습관과 올바른 양치습관이 필요하다.

크고 단단한 음식을 줄이는 거나, 미리 칼이나 가위 등으로 작게 해서 조금씩 넣고 천천히 식사하는 습관이 필요하다. 크고 단단한 음식을 즐기면 치아의 마모와 파절이 발생하게 된다. 또한 크고 단단한 음식을 천천히 오래 씹지 않는다면, 위와 장 등 소화기 질환과 혈액이 탁해져서 각종 질병의 원인이 된다.

그 이유는 크고 단단한 음식이 위로 들어가면 그 음식을 소화하기 위해 위산이 과다하게 분비되어 위에 염증이 발생하기 쉽다. 또한 그 음식이 십이지장으로 들어가면 중화시키기 위해 쓸개즙과 췌장액이 과도하게 분비되어 간과 췌장에 무리가 가게 된다. 소장으로 내려가면 위산과 중화제로 범벅이 된 큰 음식물이 장에서 부패되어 독소를 발생하게 된다. 혈액 속에 영양분과 더불어 부패된 독소가 같이 흡수되어 간과 신장에서 해독시키기 위해 과로를 하게 되어 간과 신장에 무리가 가게 된다. 또한 오염된 혈액에 의해 심혈관계 질환과 각종 질환이 발생하게 된다. 대장으로 가서는 변비 등의 문제점을 발생하게 된다. 이처럼 크고 단단한 음식을 빠르게 먹으면, 내 몸에 모든 소화계와 심혈관계의 각종 질병을 부르게 되는 것이다. 또한 빠른 속도로 먹는 것과 과식을 하는 것도 인체에서 같은 반응을 일으킨다.

🅜 나와 우리를 바꾸는 습관의 시크릿

〈2〉 소식하기

　지금까지 알려진 최고의 건강법은 소식이다. 세계적으로 장수촌의 사람들은 주로 소식을 하며 나이 들어서도 적절한 일을 하고 있었다. 고대 이집트의 피라미드에도 사람들이 먹는 것의 3분의 1은 건강을 위해 그리고 3분의 2는 의사를 위해 먹는다고 적혀 있다. 지구 역사로 볼 때 불과 1950년도 이전에 살다간 인류의 대다수는 제대로 못 먹어서 오는 질병이 더 많았다. 그러나 50년 전부터는 과식으로 인한 비만이 급격하게 늘어 가고 있고 모든 질병의 원인으로 떠오르고 있다.

　현대인의 대다수는 과체중이므로 먹는 음식을 80% 정도로 줄이는 것이 좋다. 그러려면 밥을 먹기 전에 두 숟가락 정도 덜어 놓고 먹기 시작하면 된다. 좀 더 세밀하게 분석해 보자면 사람은 40세가 넘으면 소화기능이 떨어지게 되고 그동안에 복부 비만 등 지방층이 많아지게 되어 점차 식사량을 줄여야 한다. 40대에는 두 숟가락을, 50대에는 세 숟가락을, 60대에는 네 숟가락을 줄인다는 생각으로 식사를 하면 건강을 지킬 수 있게 된다.

　먹는 것을 줄이면 배가 고프고 기력이 덜어질 것을 걱정하는 사람이 많은데, 이 문제는 천천히 오래 씹는 것으로 영양물질의 질적 향상과 소화흡수 능력 증가로 해결된다. 또한 배가 약간 고

파질 때 식사를 하는 것이 건강을 유지하는 좋은 식습관이다.

나이가 들수록 신진대사율이 떨어지며 활동량도 젊어서보다 많이 적어지기 때문에 소비보다 공급이 과잉된다. 그 결과로 인체에 각종 장기나 혈관 등에 과잉영양으로 인한 지방층과 노폐물이 쌓이게 되어 각종 질병의 원인이 된다. 과거에는 먹을 것이 없어서 소식하는 것이 건강을 지키는 일이었지만 지금은 과잉영양을 줄이기 위해 소식하는 것이 중요한 일이 되었다. 우리 몸에서는 과식을 하여 많은 음식을 한꺼번에 위로 내려보낼 때나, 크고 단단한 음식을 먹을 때도 같은 현상이 일어난다. 지금까지 알려진 이 시대의 가장 공인된 건강장수의 비결은 소식이다.

일상습관과 건강법

〈1〉 걷기와 스트레칭, 코 호흡과 복식호흡, 저작 운동과 웃기

1) 걷기와 스트레칭(하체와 전신 운동)

걷기는 체력과 건강을 지키는 가장 중요한 운동법이다. 걷지 않는 사람 즉 움직이지 않는 사람에게는 질병의 치유나 건강의 가능성은 없다고 해도 과언이 아니다. 걷기는 근력을 유지하게 하거나 퇴화속도를 줄여 주어, 혈액 순환을 정상적으로 유지하게 한다. 혈액순환이 되어야 산소와 영양분이 공급되고 노폐물이나 가스를 제거하여 면역력을 높일 수 있다. 만일 이미 걷기가 불편한 사람은 움직일 수 있는 신체의 부위가 남아 있다면 현재의 몸 상태에 무리가 가지 않는 수준에서, 가볍게 손발가락을 녹슬지 않게 움직이기라도 해야 한다. 걷는다는 것과 움직인다는 것은 숨 쉬는 것과 마찬가지로 하늘과 세상에 대해 내가 살아 있다고 선언하는 것과 같다.

걷기 다음으로 중요한 운동이 유산소 운동과 스트레칭이다. 유산소 운동은 무리하지 않으며 산소공급을 충분히 하여 몸을 부드럽게 하는 산책, 수영, 줄넘기, 각종 구기 종목 등을 말한다. 스트레칭은 아주 중요한 운동이다. 평소에 잘 사용하지 않는 부위에 산소공급과 신진대사를 촉진하는 것이고 또한 평소에 자주 사용하는 방향과 반대방향으로 몸을 풀어 줌으로써 몸 전체의 균형과 조화를 이루게 하여 주는 효과가 있다. 스트레칭이란 몸을 맨손체조 하듯이 무리하지 않으며 각 방향으로 쭉 뻗고 돌리고 등 편안하게 운동하면 된다. 중년이 넘으면 근력이 퇴화된다. 그러므로 적절한 근력 운동은 젊음과 건강을 유지하는 공식이다. 이처럼 모든 운동은 무리하지 않고 즐거운 기분으로 가볍게 실시하면 된다.

평소에 걸어 다닐 때도 휴대폰을 보며 구부리고 다니지 말고 가슴을 펴고 깊은 호흡을 하는 습관을 가지며, 지금 내가 운동을 하고 있다는 생각을 하는 것이 중요하다. 직장에서 일을 할 때도 즐거운 마음으로 나에게 주어진 하루를 멋지게 보낸다는 생각으로 지내면 운동효과도 발생하고, 삶 전체에 활력이 생길 것이다. 주부도 설거지를 하거나 청소를 할 때 '내가 오늘도 온몸 운동을 열심히 하는구나!'라는 즐거운 마음으로 일을 하면 운동도 되고 엔도르핀이 나와 삶의 활력도 증진된다. 그러한 즐기는 자세로 삶을 살아간다면 건강과 행복이 함께 하는 인생이 될 것이다. 이처럼 삶은 내가 어떻게 생각하느냐에 따라서 모든 것이 달라진다.

2) 코 호흡과 심호흡(중간 부위와 내부 장기 운동)

숨을 코로 쉬는 것은 면역력을 높여 건강을 지키는 중요한 일이다. 입으로 숨을 쉬는 구 호흡은 공기 중의 세균과 먼지 등을 그대로 들이마시게 되어 감염의 원인이 되고 차고 더운 공기를 그대로 흡입하면 호흡기관계의 기능을 저하시킨다. 구 호흡의 또 한 가지 중요한 문제는 구강 건조증을 유발하여 잇몸의 세균의 증식과 염증을 악화시킨다. 또한 면역기능을 담당하는 편도선을 오염시켜 아토피 등 각종 질환에 면역력을 떨어뜨리게 된다. 그러므로 비염이나 축농증 등은 반드시 조기에 치료하는 것이 건강을 지키는 길이다.

심호흡은 내 몸의 중간 부위의 중요한 운동이 되고, 인체의 저산소증을 극복하여 건강에 크게 도움이 되며, 스트레스를 줄여주어 마음을 안정시키고 평온하게 만들어 준다. 가슴을 펴고 폐와 복부에 공기를 한껏 들이마시면 상체의 각 부위의 팽창과 신진대사의 촉진으로 스트레칭의 효과와 뇌 혈류 속의 산소농도 확대로 뇌의 기능을 활성화시키는 효과가 있다. 복부를 팽창·수축시키는 복식호흡은 상하체의 혈액순환과 신진대사를 촉진하여 관절과 근육의 퇴화를 방지하여 노화를 방지하게 된다. 몸을 활짝 펴고 폐와 배까지 숨을 길게 들이마시고 천천히 내쉬는 심호흡이 복식호흡이다. 이때 들이마시는 숨보다 내쉬는 힘을 약간 더 길게 한다는 느낌으로 하면 된다.

3) 저작과 양치 그리고 웃기 운동(상부의 얼굴과 뇌 운동)

음식을 씹는 저작운동은 얼굴과 머리의 근육과 턱관절 운동으로 특히 인체 상부의 주요기관인 뇌의 혈액순환을 촉진하는 중요한 상체운동이다. 웃는 운동도 뇌에 엔도르핀, 세로토닌, 도파민 등의 분비를 촉진하여 면역력을 증대 시키는 중요한 몸과 마음의 동시 운동이 된다. 양치를 천천히 부드럽게 구석구석 잘 닦으면 기분도 상쾌해지고 잇몸염증도 줄어들게 된다. 잇몸염증은 암, 치매, 당뇨 등 각종 식생활습관성 질환의 원인이 된다. 최후방 치아까지 즐겁고 섬세하게 잘 닦는 양치 운동은 충치와 풍치 예방과 더불어 치매와 암 예방운동이기도 하다.

치아 건강은 오복 중에 하나라는 중요한 사실이, 현대의학에서 밝혀지고 있으니, 그 옛날 조상님들의 지혜가 경이로우며 새삼 감탄하게 된다. 저작과 웃기 운동은 상부 운동으로서 얼굴도 점점 더 예뻐지고, 노화방지 호르몬인 파로틴의 분비로 활력도 충전된다. 하지만 저작 운동 시에 단단한 음식을 빠르게 식사하는 습관은 위와 장에 부담을 주게 되어 소화액의 과잉분비로 내부 장기의 기능 저하를 초래하고, 염증을 유발하게 된다. 또한 턱 관절염 발생 가능성을 높인다. 그리고 먹을 것이 넘치는 21세기는 꼭꼭 씹어 먹는 방식이 아닌, 천천히 오래 씹는 식사법의 선택이, 치아와 건강을 지키는 새롭게 변화된 공식이다. 웃으며 감사하는 식사는 건강의 기본 필수 운동이 된다.

〈2〉 매사에 '덕분에', '이루어' 감사하기

침이 충분히 나오는 조건으로는 물을 충분히 섭취하는 것과 더불어 즐겁고 감사하는 마음으로 식사를 하는 것을 들 수 있다. 이렇게 하면 침으로 각종 중요한 효소가 많이 나오게 된다. 침 속에는 노화를 방지하는 파로틴이라는 호르몬마저 분비된다. 우리가 먹는 모든 음식은 수분이 70~80% 정도 된다. 그런데 우리가 감사하는 마음으로 식사를 하면 그 감사의 파동이 음식물에 전달되어, 그 음식물 속에 들어 있는 수분을 정화시키게 된다. 이것은 에모토 마사루의 '물은 답을 알고 있다'라는 책 속의 실험에서 과학적으로 입증된 사실이다.

식사 전에 "덕분에 감사합니다"라는 감사기도를 하면, 우리가 먹는 음식물에 독소를 미리 정화시키는 효과가 발생한다. "덕분에"라는 문구에는 창조주, 자연, 사람, 물, 공기 흙 등 모든 우주 만물에게 한꺼번에 감사하는 최상급 에너지 레벨의 단어이다. 우리의 감사하는 마음은 이처럼 시공간을 초월하여 동식물 등 우주 자연에 전달되어 각종 작용을 하고 있는 것이다. 과학적으로도 우리의 좋은 생각과 긍정의 언어습관에 의해, 모든 자연과 우주만물에 포함되어 있는 물 분자를 맑게 정화시키는 효과가 있다는 것이 각종 실험으로 밝혀졌다. 식사 후에도 하늘과 우주 만물이 가장 좋아하는 "이루어 주셔서 감사합니다"라는 감사 인사를 하는 것도 필요하다. "이루어 주셔서"라는 문구에는 과거에 이루어졌거나 현재에 이루어지고 있거나 그리고 미래에 이루어질 모든 좋은 일들에 동시에 감사하는 최상급 에너지 레벨의 감사와 믿음의 단어이다.

식사뿐만 아니라 매사에 "덕분에 감사합니다", "이루어 주셔서 감사합니다"라는 긍정의 마음으로 살아가면, 항상 밝고 선하고 아름다운 파동이 일어나게 되어 그에 해당되는 좋은 사람과 상황들이 끌어당겨진다. 이처럼 사소한 습관의 차이가, 삶에서 다른 결과를 만든다. 크고 작은 일사의 일들을 잘 처리하는 습관은, 어떤 중요한 문제가 다가왔을 때 그 일도 잘 해결할 수 있는 능력으로 길러진다. 평소에 인사성이 좋은 사람은 대인관계도 좋을 것이고, 건강과 행복 그리고 성공을 이룰 가능성도 그만큼 높아지게 된다. 평소에 밝게 웃는 얼굴로 친절하고 애정이 담긴 말을 하는 좋은 습관을 길러 두면, 세상 모든 일이 술술 풀리는 최고의 무기를 가지고 있는 것과 같다.

엔도르핀과 건강법

〈1〉 기적의 치유를 끌어당기는 관문

1) 모든 것은 100% 나의 책임이다

암이나 심한 질병이 걸린 후, 남의 탓을 하거나 부정적인 상황이나 조건 탓으로 돌린다면, 치유의 가능성이 없어진다. 100% 나의 책임으로 받아들이고 인정하는 마인드가 치유의 첫 번째 관문이다. 그렇다면 질병은 자신의 부정적인 마인드와 식생활 습관이 원인이 되어 발생한다. 실제로도 누군가가 스트레스를 주었더라도 내가 받지 않았으면 되는 것이고, 실패나 역경도 더 잘되기 위한 쓴 약이나 밑거름으로 여겼다면 극복할 수 있었을 것이다. 내가 자기계발에 게을렀거나 발전 중이라서, 누구에게 나 다가올 수 있는 부정적인 일들을 받아들이고 대처하는 실력 이 부족했기 때문이다. 실제로도 '남 탓하지 않는 습관'은 어려운 문제 해결의 핵심 키요, 마법의 삶의 조건이다.

부처님의 말씀에 모든 문제에 대한 해답은 항상 자신의 내면 에 가지고 있으니, 언제나 그 안에서 먼저 해결책을 찾아야 한다 고 하셨다. 또한 '미움은 미움으로 정복되지 않는다, 오직 사랑 으로 해결될 뿐이다'라고 하셨다. 즉 아무리 어렵고 부정적인 문 제라 해도, 자신의 내면에 그 해답이 이미 들어 있고, 그 해결책 은 긍정의 방향에서 찾으라는 가르침이다. 역사상 가장 많은 기 적의 치유를 행하신 예수님도 '항상 기뻐하라. 쉬지 말고 기도하 라, 범사에 감사하라'라는 말씀을 가장 강조하셨다고 한다. 그리 고 기적의 치유를 이루신 후에는 항상 '너의 믿음이 너를 살렸다' 라고 말씀하셨다고 한다. 여기서도 '기쁨과 감사 그리고 간절한

기도'와 '내 안에 있는 믿음'이 마법 같은 삶의 비법이자 기적의
치유에 핵심이라는 귀한 정보가 들어 있다.

2) 진심으로 암과 하늘에 고마워하기

암은 나를 사랑하시는 창조주가 내린 사랑과 감사의 선물이
다. 두 번째 관문은 암과 하늘에게 다시 한 번 기회를 주서서 감
사하다는 마음을 전하는 것이다. 실제로도 암은 나 자신의 목숨
을 살리기 위한 내 몸의 최후의 방어 수단이다. 즉 내 몸은 이미
더 이상 손을 쓸 수 없는 마지막 단계에 이르자, 그대로는 심근
경색이나 뇌졸중 등으로 급사할 상황에 놓이자, 스트레스와 식
생활습관에 의해 발생된 활성산소 등 나쁜 물질들을 한데 모아
가두어 놓은 것이 암이라는 것이 밝혀지고 있다.

그런데도 자신에게 한 번 더 살 기회를 준 하늘을 원망하거나,
암이 걸렸다고 울고불고 절망하거나 고마운 암을 미워하면, 암
은 정말 억울해서 성이나 버리는 것이다. 만일 이러한 사실들의
진위여부를 떠나서 '그럼에도 불구하고 감사하기'를 실천한 것
만으로도, 면역력이 크게 증가하여 치유에 도움을 주게 될 것이
다. 암이 걸렸을 때라도, 지금까지 살아오는 동안의 부정적인 마
인드와 식생활습관을 개선할 기회로 여기고 최선을 다해 노력
하고, 진심으로 모든 것에 감사하게 될 때 기적의 치유가 일어나

게 된다. '인생은 생각하고 말하는 대로 인생이 흘러간다'라고 하는데, 필자는 30년 세월을 앓으나 서나, 자나 깨나 암 치유에 대한 연구를 하고 있다. 그래서 한 가지 묘안을 생각해 냈다. '암'을 '앎'이라 높여 부른다. '암'을 생각하고 말할 때마다 '앎'으로 읽고 생각하는 습관을 키워 왔다. 실제로도 '암'은 우리에게 부정적인 마인드나 식생활습관을 고치라는 교훈, 즉 '깨달음(앎)'을 준다.

3) 암도 칭찬하면 이길 수 있다

화초에 사랑과 감사의 물을 주면 잘 자란다. 그리고 칭찬과 감동의 물을 주면 더욱더 잘 자라게 된다. 칭찬은 고래도 춤추게 한다는 말이 있듯이, 우리의 삶에 있어서 칭찬의 효과는 대단할 정도를 지나 경이로운 효과도 거둘 수도 있다. 그러려면 간단한 몇 가지 사전 지식이 필요하다. 우선 이것은 삶의 프로들이 좋아하는 자신의 직업과 애정이 담긴 대화를 하듯이, 자기 자신과의 긍정의 대화능력이 필요하다. 그리고 '하이-로'라는 카드 게임에도 있듯이 가장 높은 숫자와 가장 낮은 숫자가 이기는 게임의 법칙을 삶에 대입하는 것이다. 또 한 가지는 아무리 삭막한 사막에도 멋진 오아시스가 있듯이, 아무리 부정적이거나 나쁜 일에도 바라보는 시각에 따라서는 한 가지 정도는 좋게 말할 수 있을 것이다. 이 모든 것은 자기계발이나 마음 수련이 되어 있는 사람이라면 쉬울 것이다.

즉 처음에는 쉽지 않겠지만, 암에게 '너는 세포 중에, 가장 크게 자라서 1등이야!' 또는 '너는 내 세포 중에, 가장 특별한 부분에서 최고야!'라고 생명의 은인에게 감사하듯 칭찬의 말을 건네는 것이다. 과연 사람이든 암이든 동식물이든 아니면 신이든 '최고'라는 데 싫어하는 우주만물이 있겠는가? 그것도 거짓이 아닌 실제로 '1등'을 달리고 있는 정확한 근거(?)를 말하면서 '최고'라고 칭찬하는데, 싫어하는 바보(?)는 없을 것이다. 모든 우주만물은 칭찬받은 대로 잘하고 싶을 것이다. 암마저도 신경과 혈관이 있는 세포이므로, 그리고 아마도 태어나서 거의 들어 본 적이 없는 칭찬이었기에, 크게 감동할 것이다. 그러다 보면 차갑고 어두운 암의 마음에도, 따뜻한 긍정의 봄날이 찾아들 것이다. 아프게 하던 그는 결국 '1등, 특별상 축하해요. 암!'이라는 칭찬받은 것에 미안해 하며, 슬그머니 사라져 갈 준비를 할 것이다. '칭찬의 물'을 줌으로써 감동의 치유를 유도하는 방법이다. 더 중요한 점은, 기적의 치유물질인 '오계절 다이돌핀'을 분출하기 위한 필수조건인, 환자 본인의 '기쁨과 믿음'의 상태를 유지하게 만들어 준다는 데 있다.

21세기 질병 예방의 핵심 정보와 새로운 예방 치과 진료

21~22세기에는 건강과 행복의 위기가 찾아올 것이다. 그것을 대비하는 다양한 방법도 연구될 것이다. 그리고 질병을 치유하는 획기적인 방법도 발견될 것이다. 그렇지만 만일, 치유하는 법이 연구되는 것이 늦는다면, 많은 사람들은 심각한 질병으로 고통을 받게 될 것이다. 질병이 걸린 후 기적의 치유보다 더 상위의 것은, 예방적 건강이다. 이 시간에도 다른 많은 분야에서도 질병 예방과 치료를 위해 많은 분들이 노력하고 있다. 치과에서도 이에 동참하고 도움이 되고자, 21세기 새로운 예방 진료법을 연구해 왔다. 21세기 건강과 행복의 위기 시대를 대비하여, 질병을 예방하기 위한 핵심 정보들을 고려한, 새로운 예방 치과 진료법이다. 지금까지의 연구와 예방 치료법이, 병으로 고통 받는 사람들이나 후손들을 위해 도움이 되기 바란다.

〈1〉21세기 질병 예방의 핵심 정보

1) 질병 발생 방향(질병은 내 몸의 약한 곳으로 발생한다)
 ① 선천성 요인: 유전성이나 선천적으로 물려 받은 약한 부위
 ②후천성 요인: 식생활습관, 스트레스(긍정의 힘), 환경 요인, 사고 등

③ 퇴행성 요인: 선천적, 후천적 요인과 노화로 인한 퇴화속도가 빠른 부위

2) 질병과 퇴화로부터 내 몸과 마음을 지키는 핵심 사항

① 물: 내 몸의 65~70% 이상이 물로 구성되어 있다. (나이에 따라 물, 지질, 단백질, 무기질, 비타민, 칼슘, 탄수화물 등의 비율이 달라진다.)

② 산소: 구성 원소 비율로 보면 산소원소가 체중의 65%를 차지한다. (탄소 18%, 수소 10%, 질소 3% 순이다.)

③ 칼슘: 뼈와 치아의 주성분이며 혈액의 산성화를 중화시키고 신경을 진정시키는, 건강을 지키고 질병과 노화를 예방하는 중요한 역할을 한다. (가공 식품과 스트레스의 증가로 인해 가장 결핍되기 쉬운 요소이다.)

④ 웃음: 웃음은 건강과 만병의 명약이다.

⑤ 운동: 운동은 질병, 노화, 면역력 등을 결정하는 핵심 키이다.

3) 중년 이후 질병 예방의 황금키

① 탄수화물 줄이고 산소 공급 늘리기

40세쯤부터는 신체 에너지가 탄수화물 대사가 줄어들고 그 빈자리에 서서히 산소대사가 추가된다. 탄수화물 섭취를 줄이고, 평소나 운동 시에 심호흡으로 산소공급 늘리기가 필요하다.

② 반으로 작게 썰어 두 배로 천천히 오래 씹기

모든 신체기관의 능력이 한 계단 떨어진 상태이므로, 식생활 습관을 그에 맞추어 주어야 한다. 작게 잘라 천천히 오래 씹기는 소화기관의 염증을 줄이고 혈액을 맑게 한다.

③ 걷기와 스트레칭

인체의 혈액순환의 키는 하체의 근력이 좌우하게 된다. 노화 현상인 근력 퇴화의 속도를 늦춘다. 걷기는 체력을 기르는 가장 중요한 운동이자, 질병으로부터 건강을 지키는 최고의 면역력 운동법이다.

④ 올바른 물먹기와 '물 씹어 먹기'

그동안 누적된 혈액오염과 신진대사율 저하, 퇴행성 변화에 의해 침과 혈액의 점도가 높아진다. 물을 한 모금 입에 넣고 침이 충분히 고이면 천천히 삼키는, '물 씹어 먹기'가 효과적이다.

⑤ 웃음과 운동 실천

퇴화속도와 노화의 주요 결정 요인은 식습관과 운동과 웃음이다. 웃음과 웃음은 면역력을 올리는 가장 효과적인 방법이다. 웃으며 박수치기 운동은, 두 가지를 모두 충족시키는 최고의 면역력 증강 운동이다.

〈2〉 삼상 타입과 삶과 면역력 그래프

1) 성장 발달과 퇴화의 삶과 면역력 그래프

이 그래프는 첫째 뇌의 발달과 퇴화, 둘째 치아의 발달과 퇴화, 셋째 시력, 청력, 뼈, 근력, 기억, 성력 등 인체 대표적인 부분들의 성장발달의 공통점을 종합 분석하여 완성하였다. 그리고 긍정의 힘과 생활습관, 잠재 뇌의 원리와 특성, 삶의 분류와 계단 등을 하나둘 추가해 나갔다. 사람은 태어나서 일생동안 살아가며 '성장발달의 3차 터닝 포인트'와 '건강과 퇴화의 3차 건강의 계단'을 맞게 된다. 인체의 몸과 마음의 성장과 퇴화에 따른, 건강과 행

🌱 DR. Park's 오계절 엔돌핀 & 삶과 면역력 그래프
– 성장 · 발달의 3차 터닝 포인트 & 3단계 건강의 계단

나와 우리를 바꾸는 습관의 시크릿

복 그리고 성공의 목표와 계획을 세우는 것이 훨씬 효과적일 것이다. 그래서 건강 그래프에서 더 나아가, 한 장으로 삶과 일생의 성공과 행복까지 조율할 수 있는 특별한 그래프를 완성하였다.

2) 삼상 체질과 분류

사람의 몸은 뼈와 살과 근육으로 구성되어 있고, 입안에서는 그 세 가지가 치아(=뼈), 잇몸(=살), 치주인대(=근육)로 구성되어 있다. 내 몸에 발생하는 질환은 태어날 때 이미 유전적으로 그 방향성이 정해져 있다. 그 방향성의 진로는 뼈와 살과 근육 중에 어느 쪽이 선천적으로 약하게 태어났는지와 후천적으로 어느 쪽으로 퇴화를 재촉하는 환경 요인과 식생활습관 요인을 가지고 있는지를 관찰하면 질병의 발생을 세 가지 방향으로 예측할 수 있다.

이를 이용하면, 청소년 시절에 40대 이후의 성인병의 방향성을 미리 예측하여, 그 예상 질병을 예방하는 식생활 습관을 권장할 수 있다. 성인병 발생기의 중년 이후에게는 퇴회가 빠른 방향을 분석하여 미리 진행속도를 늦추는 프로그램이 가능해진다.

① 마모체질: 치아나 뼈가 약하거나 퇴화속도가 빠른 체질

　(→ 골다공증, 관절염, 디스크, 우울증, 공황장애….)

② 퇴축체질: 잇몸이나 살, 내부 장기가 약하거나 퇴화속도가 빠른

체질

(→ 치매, 암, 당뇨, 소화·심혈관계 질환, 면역질환, 췌장암, 신장암….)

③ 동요체질: 치주인대나 근육이 약하거나 퇴화속도가 빠른 체질

(→ 치매, 암, 만성피로, 허약체질….)

3) 입안에서 예측할 수 있는 7가지 정보 분석

치아, 잇몸, X-ray분석, 양치와 식사습관, 혈액의 색과 응고 반응, 침의 양과 점도, 입술과 혀 등 분석하면, 입안을 구성하고 있는 소중하고 귀한 7가지 블랙박스 정보를 얻을 수 있다. ① 유전성, ② 식생활습관, ③ 퇴화도, ④ 병적 증상과 병에 대한 면역력과 회복력, ⑤ 운동 선택과 내 몸의 활력도, ⑥ 성격과 적성, ⑦ 관상과 운세(심미).

〈3〉 예방 치과 진료

잇몸염증은 치매 위험도 12배, 췌장암 균의 80%, 구강암, 신장암, 백혈병 등 각종 암 발병을 2.4배 높이고, 심근경색, 뇌경색, 전립선, 발기부전, 유산 등 각종 질병의 20~30%에 관여하는 것으로 밝혀졌다. 면역력의 80%라는 장내 세균도, 대다수가 입을 통해 들어간다. 입안의 건강 유지와 관리는, 뇌와 장기 그리고

혈액을 관리하는 출발점이다. 즉 인체 면역력과 건강과 행복의 계단과 질을 결정하는, 뇌와 장 그리고 혈액의 건강을 지키는 제 1관문이라 할 수 있다.

1) 잇몸염증 제거와 정기 관리로 전신질환 예방과 노화 속도 지연
① 올바른 양치와 식사

천천히 부드럽게 최후방 치아까지 정성과 시간을 들이기, 양치 후 소금물로 혀와 목 안쪽까지 잘 헹구기, 천천히 부드럽게 먹는 식 습관은 염증 발생도 줄이고, 혈액을 맑게 하는 암 예방법이다.

② 스켈링

프라그와 잇몸 상부의 치석 제거. 20대는 6개월마다, 40대 이상은 염증과 퇴화속도를 낮추기 위해 3개월마다 정기적인 치과 관리가 필요하다.

③ 잇몸 치료와 정기관리

스켈링 시에 잇몸 속에 염증이 있으면 추가로 잇몸 염증 치료를 받아야 한다. 정기 잇몸치료는 치아를 보존하고 전신질환 예방법 으로 치매, 암(췌장암, 신장암, 식도암, 구강암…) 등을 예방하기 위해 필요하다. 또한 잇몸의 퇴축과 치아의 동요 즉 퇴화 속도를 늦춤 으로써 치아 수명을 5~10년 이상 늘리고, 주변 근육과 혈관 그리 고 신경과 뇌세포의 퇴행성 변화를 늦춰, 건강수명을 연장하는 대

단한 효과가 있다.

2) 삼상체질별 건강과 행복 예방 치료법

21세기 질병 예방 핵심 정보와 삼상체질과 삶과 면역력 그래프를 치과 진료에 접목하면, 개인적인 건강과 행복 그리고 습관의 그래프가 그려진다. 치아와 잇몸 등에 남겨진 개인과 가족의 과거와 현재의 각종 정보를 분석하면, 미래의 건강과 행복을 예측하여 대비할 수 있다.

① 선천적 유전성 요인: 유치와 초기 영구치분석, 미래의 질병 방향 예측.

② 후천적 식생활습관과 스트레스 요인 분석: 현재 인체 건강지도 예측.

③ 퇴행성 변화(선천성+후천성): 노화와 질병의 속도와 방향성 예측.

3) 예방 치과 진료

정기적인 잇몸 염증관리로 치아의 수명을 5~10년 이상 연장하고, 성인병을 예방하고 건강수명을 늘릴 수 있다. 입안에서 예측할 수 있는 삼상체질별 각종 증상에 따른 선천적 유전성 요인과 식생활습관과 스트레스 요인에 대한 증상 분석도 가능하다.

그리고 퇴화속도와 방향성은 그래프를 다각도로 잘 분석 관찰하면 그 방향성과 속도도 예측할 수 있다. 4차, 5차 산업혁명의 건강과 행복의 위기 시대를 극복하기 위해, 많은 분야에서 수많은 사람들이 노력하고 있다. 이에 치과에서도 함께 동참하는 일이 되기를 바란다.

① 청소년기에 성인병 발생방향 예측과 식생활습관 개선 권장

청소년기에 충치치료나 스켈링 등 정기 관리 시에 삼상체질에 따른 식생활습관 개선 처방을 권장한다. 훗날 환자의 건강이 개선되고 습관 고치기를 통해 성인병 예방과 성공적이고 행복한 삶에 도움을 줄 수 있다. 앞서거나 다른 최상위 5% 성공 습관 세 가지(꿈과 목표 묻고 재확인하기, 최후방 어금니 두 대 잘 닦기, 천천히 오래 씹기 권장)를 함께 길러 준다. 이는 앞서거나 다른 플러스 5% 건강과 행복의 습관의 씨앗을 심어 주는 가치 있는 일이다. 그리고 훗날 최상위 5%의 성공 가능성의 문을 통과하는 잠재력을 갖추게 할 것이다.

② 중년 이후의 건강 변화와 퇴화 속도와 방향 점검

성인병과 퇴행성 질병이 많아지는 40~50대 이후를 진료하며, 그래프로 현재의 퇴화 속도와 방향성을 알려 준다. 식생활습관 개선과 스트레스 증상 해소하는 긍정의 힘을 권장한다. 스켈링과 정기 잇몸관리로 입안 염증과 세균 관리로 치매나 암 등 성인병

예방 효과와, 혈액을 맑게 하여 노화방지와 질병 치유에 도움을 준다. 입속 정기 세균검사로 질병 예방을 위한 특수 염증 관리를 병행한다. 입안에서 스트레스 증상 발견시, 웃음 처방으로 즐겁고 행복한 삶을 권유한다. 만일 40세 이후에 치아나 잇몸의 퇴화 속도가 평균보다 빠르거나, 염증 반응이 보통 사람보다 특별히 심하거나 재발률이 높으면, 성인병 예방을 위한 식생활습관과 과로와 스트레스 개선을 권장한다. 몸이 건강해야 마음도 건강해지고, 마음이 건강하면 몸도 건강해진다.

③ 건강수명 연장과 특별한 병적 증상 발견과 전문 검사 의뢰

인체의 한 부위의 건강을 유지시키면, 나머지 몸 전체의 노화도 늦추어진다. 즉 장이 건강하면 인체의 면역력이 높아지고, 걷기 운동으로 다리 근육이 강화되면 노화도 늦춰진다. 치아와 잇몸이 건강하면 몸 건강에도 많은 도움이 되고, 몸이 건강하면 치아와 잇몸의 질병도 줄고 퇴화속도도 늦춰진다. 잇몸염증을 줄여 혈액을 맑게 하고 퇴축속도를 늦춰 주면, 주변 신경과 근육 그리고 관장하는 뇌 세포의 퇴행성 변화를 늦추고, 치매와 암 발생률을 줄여 주어 건강수명을 늘릴 수 있다. 그리고 내 몸 안에서 전신질환에 의한 2차 증상이나, 치아나 잇몸의 특별하게 심한 병적 증상을 보이면, 건강검진 센터나 대학병원 등에서 전문적인 검사와 진료를 받아 볼 것을 의뢰한다.

나와 우리를 바꾸는 습관의 시크릿

21세기 들어 암, 치매 등 심각한 질병이 급속도로 늘어 가고 있다. 이에 대비하여 세계 각국의 많은 분야에서 국민들의 건강을 지키기 위해, 질병 예방과 치료에 많은 연구와 노력을 다하고 있다. 치과 분야에서의 '예방 치과 진료'에 대한 연구가, 21세기 개인이나 국가 그리고 인류의 건강과 행복을 지키는 데 보탬이 될 수 있기를 바란다. 함께 동참하고 싶은 모든 치과에서 언제든 선택 진료가 가능할 수 있도록, 간단하고 쉽게 만드는 것이 최종 목표이다.

21세기 즐거운 건강장수 만능 다이어트법

21세기 심각한 질병의 시대를 살아가려면 올바른 식생활습관과 스트레스를 이겨 내기 위한 좋은 성격과 인품이 필요하다. 질병이 늘어 건강수명과 평균 수명은 10년 이상 차이가 나고 있고, 그 차이는 점점 더 멀어지고 있다. 불과 50년 전만 해도 못 먹어서 약하거나 병이 오던 시대가 지금은 잘 먹어서 비만과 심각한 질병이 오는 시대로 변하고 있다. 특히 21세기가 진행될수록 과체중으로 인해 각종 질병이 발생하여, 이제 비만은 많은 병의 발생 원인이 되는 21세기 대표적인 질병으로 분류된다. 그래서 많

은 사람들이 질병을 치료하기 위해서나 건강장수를 위해 표준체
중을 유지하려 노력하고 있다.

특히 여성들은 아름다워지기 위해 더 날씬하고 세련된 몸매
를 원한다. 그래서 먹고 싶어도 참아 내는 등 각종 불편과 어려
움 그리고 많은 시간과 노력을 다해 다이어트를 한다. 지금까지
여성이라면 누구나 한두 번 이상은 시도를 해보았고, 수많은 다
이어트 법들이 지금도 계속 만들어지고 있다. 그런데 대다수의
다이어트법에는 여러 가지 문제점들이 발생한다. 첫째는 기운
이 없거나 활력이 떨어지는 등 각종 요요현상과 부작용을 수반
한다. 둘째는 비용과 많은 시간과 노력이 필요하다. 셋째는 배
고픔을 참거나 지속적인 스트레스나 장기간 운동 등 계속하기
에는 어렵고 힘이 든다. 그 밖에도 여러 가지 제약과 불편사항
들이 수반된다.

즐거운 건강장수 만능다이어트 운동법은 이러한 각종 문제점
들을 대다수 해소할 수 있다. 그런데도 주의사항만 잘 지킨다면
부작용은 거의 없고, 건강장수의 좋은 식생활 습관을 갖추는 것
이며, 성공과 행복 습관의 많은 장점들을 가지고 있다. 그리고
지금 자신이 시도하고 있는 다이어트법에 추가로 적용한다면,
더욱 효과가 높아지는 운동법이다. 시작은 반이라고 한다. 그런
데 삶의 에너지를 공급하는 소화흡수 작용은, 항상 입안에서 잘

씹는 것으로부터 시작한다. 즉 첫 번째 소화 작용인 잘 씹지 않아 음식이 크거나 침으로 해로운 물질을 제대로 제거하지 못하고 위로 내려보내면, 그 후로 모든 내부 장기에 연쇄적으로 무리와 각종 부작용이 초래된다. 일상에서 식사와 간식 등을 먹을 때마다 수시로 공급되는 독소 물질과 문제로 인한 피해와 질병을 치료하는 데 일생동안 수많은 시간과 비용을 들이게 된다. 그러니 30번 이상 잘 씹는 식생활습관은, 질병 치유의 첫걸음이자 가장 쉽고도 중요한 건강장수의 출발점이다. 시작은 항상 반이 아니라, 경우에 따라서는 그 이상이 될 수도 있다.

▣ 즐거운 건강장수 만능다이어트 운동법의 장점

① 위와 장의 소화 흡수작용을 돕는 좋은 식생활습관.
② 저작운동에 의해 칼로리가 소모되어 다이어트효과 발생.
③ 만복중추의 자극으로 인해 음식을 적게 먹게 되는 효과.
④ 행복 호르몬인 세로토닌 분비와 스트레스 감소.
⑤ 회춘 호르몬인 파로틴 분비, 밝은 동안 피부.
⑥ 페록시다제와 면역 글로블린이 생성되어 항암작용.
⑦ 천천히 오래 씹는 운동은 뇌를 발달시키고, 치매 예방.
⑧ 원하는 다이어트의 속도와 정도를 조절 기능.
⑨ 좋은 습관 습득으로 성격과 인품의 변화와 발전.
⑩ 혈액이 맑아지고, 간과 신장이 건강해짐. 변비 치료효과 우수.
⑪ 지금하고 있는 다이어트법에 추가로 적용하면 효과가 더 높아짐.

⟨1⟩ 즐거운 건강장수 만능다이어트 운동법

이 운동법은 너무 쉽고 간단해서 특별함이라고는 거의 찾아볼 수가 없다. 단지 음식을 즐거운 마음으로 천천히 부드럽게 30~50번씩 씹는 것이 시작과 끝이다. 본인의 건강장수와 비만 탈출에 대한 간절한 실천의지만 있으면 된다. 실천하는 데 힘들고 어려운 노력이나 비용도 들지 않는다. 다이어트의 속도와 양도 자신이 원하는 대로 조절이 가능하다. 자신이 실천하고 있는 다이어트법에 추가로 실시한다면 감량 효과도 높이고 부작용을 줄일 수 있다. 단 이 운동법을 시작할 때는 지켜야 하거나 주의해야 될 유의사항을 먼저 숙지하고 실천해야 한다.

① 일반적인 음식을 양쪽 어금니로 30번 이상 천천히 부드럽게 씹는 것으로부터 시작된다. 즐겁고 감사한 마음으로 실천할수록 효과가 높아진다.

② 질기거나 단단한 음식은 더 작게 해서 입에 적게 넣고 천천히 부드럽게 40~50번 이상 씹는다.

③ 만일 질병의 치유를 원하거나 더 건강하고 싶다면 평소에 천천히 즐겁게 씹는 횟수를 더 늘리면 된다. 그리고 다이어트 감량을 더 많이 하기를 원한다면, 그 정도에 따라 씹는 횟수를 50~100번으로 올리고, 추가로 걷기와 심호흡 운동 등을 병행하

여 에너지 소모량을 늘린다. 또는 식사나 간식 등 먹는 것을 일정량 줄여 에너지 공급을 줄이는 방식을 병행하면, 더욱 높은 다이어트 효과가 발생한다.

평소 식사를 할 때 30번 이상 씹어야 한다는 이야기를 많이 들었을 것이다. 그 이유는 30번 이상 씹으면 음식물이 작아지고 침이 많이 분비되어 소화흡수 작용도 돕고, 음식물 속에 포함된 세포변형을 일으킬 수 있는 각종 해로운 물질들이 제거되기 시작한다. 그리고 과체중이 심하다면 씹는 횟수를 늘리고, 걷거나 식사량 줄이기 등을 추가로 실천하면 된다. 만일 질병이 발생되었다면, 그 횟수를 50번 이상으로 늘려서 자신이 섭취하는 음식물에서 독소를 더 많이 제거하여 질병의 치유를 스스로 도울 수 있다. 심각한 질병일수록 음식을 씹는 횟수를 더 늘린다면 치유 효과에 도움을 줄 수 있을 것이다. 언제든 꿈과 목표 등 바라는 것을 이루고 싶다면, 새로운 것을 찾기보다는, 새롭게 바라볼 수 있는 눈과 마음을 먼저 여는 것이, 지혜로운 삶이다.

〈2〉 즐거운 건강장수 만능다이어트 운동법의
　　　다이어트 효과 작동 원리

습관과 잠재 뇌의 원리와 특성에 의해 어떠한 습관이든 3주가

지속되면 1차 성공이요, 3개월이 유지되면 2차 성공이요, 3년이 지나면 최종 완성된다. 그렇게 되면 새로운 습관의 폴더가 완성되어 변화된 식생활습관이 그대로 진행될 것이다. 그리고 잠재뇌에 그동안 유지되어 온 체중의 기준치가 지워지고, 새롭게 변화된 몸무게로 세팅되어 새 기준치로 항상성이 시작된다. 결혼과 직업 등도 첫 출발로부터 3주-3개월-(1년)-3년 동안에 형성된 방식과 습관이 거의 평생의 행복과 성공을 좌우한다.

① 기초 에너지 대사에서 소화계 소모 칼로리 증가

비만은 흡수하는 칼로리와 소비하는 칼로리 차이에 의해서 발생한다. 소화계 작용으로 평균적으로 약 10% 정도의 기초에너지 대사의 칼로리를 소모한다. 그런데 음식을 씹는 기초대사를 통해 칼로리 소모를 더 늘리는 것이다. 각종 연구에 따르면 같은 양을 먹더라도 30~50번 정도 오래 씹으면, 일 년에 평균 1.5kg 정도 감량이 된다고 한다. 또한 씹는 횟수에 따라 킬로그램당 7~180kcal가 소모된다고 한다. 이 소비 칼로리를 늘리는 다이어트 운동법은 어려서부터 30번 이상 씹기를 실천하면 건강장수의 기초를 닦는 것과 마찬가지다.

② 인슐린 분비 낮추고 중성 지방 저하로 군살과 비만 줄이는 효과

빠르고 급한 식사는 혈당을 한꺼번에 높이고, 인슐린의 과잉분비

와 중성 지방합성 증가로 질병이나 비만의 원인이 된다. 중성지
방은 몸의 여러 곳에 저장되어 원하지 않는 살을 찌게 하는 비만
의 원인물질이다. 그런데 천천히 오래 씹으면 혈당을 천천히 올
리게 된다. 그래서 중성지방 수치를 낮추게 되어 비만을 억제하
여 다이어트 효과가 발생한다.

③ 천천히 오래 씹기로 만복중추 자극과 식욕 억제 호르몬 증가

천천히 오래 씹기는 식사 후 약 20분이 지나면 만복 중추가 자극
되어 식욕억제 호르몬이 분비되고 식사량을 줄이는 효과가 발생
한다. 급하게 먹을수록 식욕 증진 호르몬인 그렐린이 분비되어
과식과 비만의 원인이 되고, 즐기며 천천히 오래 씹을수록 식욕
억제 호르몬인 렙틴의 분비가 증가하여 과식과 비만억제 효과가
발생한다. 식욕 억제 호르몬인 렙틴은 다이어트 성공의 열쇠이
며, 요요현상과 부작용을 줄이는 핵심 키이다.

〈3〉 즐거운 건강장수 만능다이어트 운동법
    실천 시 주의사항

실천하는 동안 아래 몇 가지 주의할 점들을 지킨다면, 효과가
더 높아지고, 부작용이나 문제가 거의 발생하지 않을 것이다. 이
처럼 몇 가지 주의사항만 신경을 쓴다면 실천하기 그리 어려운

일도 아니다. 자신과의 승부를 통해 바라는 건강장수와 다이어트 효과를 얻기 바란다.

① 음식을 작게 만들어서 입안에 적게 넣고 천천히 부드럽게 씹어야 한다.

큰 음식이나 과식 그리고 빠른 식사습관은 치아의 마모나 파절로 시린 증상이나 턱관절에 무리가 갈 수 있다. 그리고 언제든 빠르고 급한 식사습관은 소화계 질환 유발과 턱과 근육의 이상 발달을 초래하여 사각턱 증후군을 만들 수 있다. 그리고 평소에도 소화흡수와 소화계질환 예방을 위해 천천히 부드럽게 씹는 좋은 식사습관이 필요하다. 만일 골다공증, 턱관절 이상, 디스크, 과민증, 신경쇠약이나 예민증 등 전신적인 문제가 있다면, 항상 무리하지 않게 더 천천히 부드럽게 실천해야 한다.

못 먹어서 병이 오던 20세기 이전에는 꼭꼭 씹어 먹는 식생활습관이 필요했다. 그런데 21세기에는 먹을 것이 많아져서 씹을 일이 훨씬 더 많아졌고, 인스턴트 식품과 탄산음료 그리고 스트레스 증가로, 치아와 뼈가 점점 더 약해지고 있다. 그래서 많은 음식을 과거처럼 꼭꼭 씹어 먹다 보면, 치아 마모증과 턱관절 이상 그리고 얼굴의 기형과 사각턱 등을 유발한다. 그래서 꼭꼭 씹어 음식을 작게 하는 것이 아닌, 천천히 오래 씹어 음식을 작게 만든다는 생각의 전환, 즉 21세기 새로운 식생활습관 공식이 필요한 시대이다.

② 음식을 양쪽으로 또는 고르게 씹는 운동을 즐겁게 실천해야 한다.

한쪽으로만 음식을 계속 씹게 되면 사용하지 않는 쪽은 퇴화가 일어나고, 많이 사용하는 쪽은 과로가 일어나서 양쪽 다 치아에 문제를 발생한다. 그리고 한쪽으로 씹는 습관은 턱과 얼굴이 삐 뚤어지는 증상의 원인이 된다. 그리고 목과 턱의 관절이나 디스 크의 이상을 초래한다. 또한 사용하지 않는 부분의 근육과 혈관 의 퇴화 그리고 그 부위를 관장하는 뇌의 부분적인 퇴화가 일어 나게 된다. 퇴행성 치매의 원인이 되기도 한다. 만일 치아에 이상 이 있어서 주로 한쪽으로 식사한다면, 미리 치과 치료를 받아 두 어야 한다. 즐겁게 씹으면 침 분비도 많아지고 엔도르핀 등 각종 좋은 물질이 활성화되어 건강장수와 다이어트효과가 높아지고, 억지로 마지못해 실천하면 노르아드레날린의 분비로 피로 물질 과 스트레스가 쌓인다.

③ 단단한 음식은 더 작게 자르거나 줄이고, 처음부터 꼭꼭 씹지 않 는다.

너무 크거나 단단한 음식은 치아나 턱관절에 무리가 갈 수 있으 므로 가급적이면 줄이거나 피하는 것이 좋다. 단 골다공증, 턱관 절 이상, 디스크, 과민증, 신경쇠약이나 예민증 등 전신적인 문제 가 있다면, 크게 빠르게 먹기, 단단한 음식, 과식 등은 피해야 한다. 그런데 만일 간식이나 기호품으로 너무 좋아한다면, 손이나 가위, 칼 등을 이용하여 치아나 턱에 무리가 가지 않을 정도로 작고 가늘게 만들어서 입에 적게 넣으면 된다. 그리고 입안에서 침으로 약간 부드러워질 때까지 처음 10~20번 정도는 빠르거나 꼭꼭 씹는 것을 반드시 피해야 한다. 그리고 음식물이 크거나 단단하고 질길수록 40~50번 이상 천천히 씹어서 작게 만들어 침을 충분히 섞이게 해 주어야 한다. 즐겁게 실천할수록 각종 소화 효소와 호르몬이 함유된 침 분비가 활성화된다.

〈4〉 즐거운 건강장수 만능다이어트 운동법의
        효과를 높이는 비법

효과를 높이는 몇 가지 방식을 참고로 한다면, 그동안의 다이어트 비법에서는 얻기 힘든, 21세기 최상위 건강장수의 비법과 행복과 성공의 습관도 동시에 얻게 된다. 그리고 만일 이 모든 효과를 특별할 정도로 높이고 싶다면, 몇 가지 추가 조건이 필요하다.

첫째, 즐거운 마음과 자기 확신으로 실천한다. 즐거운 마음으로 웃으며 실천하면 건강과 행복 호르몬인 세로토닌과 엔도르핀을 발생시킨다. 그리고 최고의 명의인 침의 양도 많아지고 각종 소화효소도 분출하게 되어, 위염과 장염 그리고 변비 등 각종 소화계 질환이 개선된다. 무슨 일에서든 그 일을 즐기는 훌륭한 자세와 태도는, 성공과 실패를 결정하는 중요한 열쇠가 된다. 그리고 또 한 가지 중요한 결정 요소는 이 씹기 운동으로 즐거운 건강장수의 기초를 닦고 적절한 다이어트가 이루어진다고 믿어야 한다. 언제든 나 자신이 그 가능성과 결과를 믿고 있지 않는 일은, 내 삶에서 이루어질 가능성이 없다. 성공의 제1조건은 자기 확신에서 시작된다. 만일 즐겁게 하지 못하거나 부정적인 생각으로 실천한다면, 효과가 거의 없거나 오히려 스트레스만 쌓이는 부정적인 결과가 초래될 것이다. 식사 전후의 '감사히, 잘 먹겠습니다', '덕분에, 감사합니다!' 등 감사 인사도 즐겁고 건강한 식사와 씹기 운동의 효과를 돕는다.

둘째, 추가적인 칼로리의 흡수와 소모 작용을 조절하여 효과를 더 높인다. 다이어트의 성공은 칼로의 흡수량과 소모량의 차이가 결정한다. 21세기 과식과 비만의 시대에서는 소모량을 늘리는 것보다 흡수량을 줄이는 것이 더 중요한 성공 포인트이다. 식사조절과 운동이 대다수 사람들의 대표적인 다이어트 방법이라면, 식사조절이 60~70% 그리고 운동이 30~40% 정도의 성공률을 좌우한다. 그러므로 만능 조절 다이어트의 효과를 획기적으로 높이고 싶다면, 과체중 정도에 따라 음식을 10%, 20%, 30%

등으로 조금 덜어 놓고 실천하면 된다. 만일 저체중이 문제라면 반대로 10%, 20%씩 늘리면 된다. 식사시간이 길어지는 문제점도 이 방식으로 해결하는 것이 좋다. 또한 걷기, 심호흡 운동, 웃으며 박수치기 운동 등 추가적으로 칼로리 소모를 늘리는 것도 훌륭한 방법이다. 적절한 물 섭취와 충분한 수면도 다이어트에 고려해야 하는 필수 요소이다. 항상 많이 먹는 비만이나 과체중으로 인한 질병 치료와 소모시키는 다이어트를 하느라, 많은 시간과 비용 그리고 각종 노력과 고생들을 하고 있다. 그러므로 처음부터 알맞게 먹어 각종 문제나 부작용들을 발생시키지 않는 예방법이, 훨씬 더 쉽고도 지혜로운 길이며 즐거운 건강장수에도 좋다.

셋째 즐거운 건강장수를 원한다면, 삶을 플러스·마이너스로 개선한다. 자신의 몸 상태나 질병 그리고 식사습관, 산성체질 등에 따라 부족하기 쉬운 요소를 추가하거나, 과식, 지나친 간식, 부적절한 자세와 태도, 달고 짠 음식, 술, 담배, 탄산음료나 인스턴트 식품 등 해롭거나 부정적인 식생활습관을 줄이거나 개선한다면 건강장수 효과가 더 높아질 것이다. 스트레스를 극복하기 위해 '감사, 웃음, 칭찬, 미소, 친절' 등 좋은 습관을 늘리고, 그럼에도 불구하고 화낼 일 참고 용서하기 등 성격과 인품을 올린다.

나와 우리를 바꾸는 습관의 시크릿

중년이 지나 면역력의 계단이 떨어져 갈수록, 인체의 상중하 3대 운동으로 첫째 걷기는 하체 근력 운동, 둘째 씹기와 웃기는 상체와 뇌 운동, 마지막 세 번째 중간부위는 심호흡 운동이 건강을 지키는 기본필수 운동이 중요하다. 웃으며 즐겁게 씹는 운동은 혈액순환계통의 약(30~40%)보다도 뇌의 혈액순환을 더 증진(50%)하는 것으로 연구되고 있다. 폐와 복부까지 크게 들이마시는 심호흡운동은, 인체에 산소 공급과 혈액순환을 늘려 피로 회복과 항암작용을 한다. 암은 산소가 부족한 부위에서 주로 발생한다. 즐겁게 잘 씹어 먹으려면 충치나 잇몸 염증 치료를 미리 받고 시작하는 것이 좋고, 평소에 스켈링 등 정기적인 치과 관리로 건강장수의 기초를 닦아 두어야 한다.

〈5〉 즐거운 건강장수 만능다이어트 운동법 참고사항

1) 플레처리즘

미국의 대부호 호레이스 플레터는 사업적으로는 성공했지만 중년의 나이에 고도비만을 포함하여 각종 질병으로 고통을 받고 있었다. 수많은 명의를 찾아 진료를 받았으나 상황은 더욱 악화되고 있었다. 그러다 우연히 오래 씹는 것이 건강과 치유에 도움이 된다는 정보를 알게 되고는, 한번에 60번 이상 씹기를 실천하였다. 그러자 빠른 속도로 모든 질병이 기적처럼 치유되기 시작했다. 결국 약과 질병으로부터 벗어나 건강을 되찾았다. 그 후로 '천천히 오래 씹어 질병을 치유하는 건강법'을 '플레처리즘'이라고 부른다.

2) 절제의 성공학

일본에서 존경받는 최고의 역술가였던 미즈노 난보쿠는 그의 저서 '절제의 성공학'에서, 식생활을 절제하면 운명과 미래까지 좋은 방향으로 바꿀 수 있다고 했다. 그리고 운세를 볼 때 식생활습관을 참고로 한 후로부터는, 거의 틀린 적이 없었다고 한다. 그는 3년 정도 소식과 절제 등 식생활습관을 조절한다면, 주어진 부와 성공의 벽을 넘어 수명과 운명까지도 바꿀 수 있다고 강조한다. '절제의 성공학'은 일본의 소식 문화와 세계 최고의 장수국가의 기초를 닦는 데 이바지했다. 인도의 간디도 그의 건강 철학에서 '먹을 것을 절제할 수 있으면, 자신의 세상을 마음대로 조절할 수 있다'라고 했다. 인내심의 대명사인 간디도 먹는 것을 절제하는 것이 가장 어려운 문제라고 인정했던 것이다. 건강과 행복 그리고 성공 등 삶의 모든 것은 항상 자신과의 승부에서 결정된다.

나와 우리를 바꾸는 습관의 시크릿

3) 21세기, 100세 시대 건강장수 운동법

'생각이 바뀌면 행동이 바뀌고, 행동이 바뀌면 습관이 바뀌고, 습관이 바뀌면 인격이 바뀌고, 인격이 바뀌면 운명이 바뀐다'고 한다. 이 즐거운 건강장수 만능다이어트 운동법은 중간에 포기하더라도 실천한 것만큼 자신의 건강상태가 좋아졌기 때문에 특별한 요요현상이나 부작용이 발생하지 않는다. 그리고 3년 이상 반복하면 좋은 습관으로 정착되고, 시간이 흐르면 부드럽고 좋은 성격과 인품으로 발전하게 된다. 그리고 파스칼의 원리에 의해 한 가지 습관을 고치면, 열 가지 백 가지 습관이 바뀐다. 일상의 크고 작은 일들을 즐기며 최선을 다해 실천하는 좋은 습관은, 점차 성공과 행복의 훌륭한 습관으로 발전해 나갈 것이다. 평범한 일상의 크고 작은 하루의 행위가 자신의 운명과 미래를 결정한다. 이 운동법은 21세기 만능 다이어트 비법이자, 100세 시대에 평균수명과 건강수명의 차이를 줄이는 즐거운 건강장수의 시작점이 될 수 있을 것이다.

〈6〉 성공률을 높이는 실천 공식

삶의 승부와 질은 언제나 '누가 좋은 습관과 인품을 얼마나 더 갖추려고 노력했느냐?'에 따라 결과가 달라진다. 마음먹은 대로 처음부터 30~50번씩 천천히 오래 씹고 삼키기를 성공할 수 있는 사람은 드물다. 그리고 그런 정도로 실천력과 의지가 대단히 강한 사람이라면 이미 좋은 식생활습관을 갖추고 있을 것이다. 그래서 성공하는 5% 진입에는, 항상 몇 가지 특별한 공식과 비책이 필요하다. 첫 3주가 가장 중요하고 3개월 이상 실천하면 성공 가능성이 80%이다. 그러므로 첫 3주와 3개월까지의 실천 가능한 프로그램이 승패를 결정한다. 공자님도 '인간의 타고난 본성은 모두 비슷하지만, 습관에 의해 달라진다'고 하였다.

1) 성공률을 높이고 실패할 수 없는 실천 계획 세우기

① 작은 성공습관으로 출발과 실천계획 수립

작은 성공 습관으로 늘려 가는 방식은 성공률을 높이는 데 많은 도움이 된다. 의지력에 따라 실천 첫 주는 '매 식사 첫 번과 마지막에 3번 더 씹기', '한 입당 3번씩 더 씹기', '처음과 마지막은 10번씩 더 씹고 중간은 3번씩 더 씹기' 등의 순서로 높여 가거나 셋 중에 한 가지를 선택 또는 병행해서 가볍게 시작한다. 두 번째 주는 5, 10, 15 더 씹기 등 실천 가능한 횟수를 선택해서 늘려 간다. 셋째 주부터는 시간이 가장 여유가 있는 한 번 식사를 선택해서 20, 30번 이상 씹기를 실천한다. 1~3개월까지 점차 늘려 가며 자신감이 생겼을 때, 자신의 상황에 맞추어 원하는 방식으로 실천계획을 정하고 정식으로 도전을 시작한다.

② 예외 규정 허용과 보강 규정 추가하기

회식이나 출장 등 특별한 상황에서는 예외 규정을 허용한다. 일주일에 5일 이상을 원칙으로 정하거나, 그날에 못 지키면 다른 식사에서 보강기능을 추가한다. 이러한 예외나 보강 규정을 정해서, 못 지키거나 실패에 대한 부정적인 생각이나 부담감을 줄여 준다.

2) 양쪽으로 반 나누어 천천히 오래 씹는 연습과 반복 훈련법

① 양쪽으로 씹기 훈련법

오래 씹으려 마음먹고 천천히 씹다 보면, 어느새 처음 의도와는 달리 저절로 음식이 목으로 넘어가 버린다. 그 이유는 한쪽으로 씹다 보면 열린 목 쪽으로 그냥 넘어가는 것이다. 그래서 처음 실천하기로 마음먹었다면 한동안 씹는 연습과 훈련이 필요하다. 음식을 입안에 넣고 혀로 반 정도로 갈라 양쪽으로 나눈다. 그리고 씹으면 목이 닫혀 음식이 작아져야 삼키게 된다. 그래도 목이 잘 열리면 혀를 아주 약간만 윗니 쪽으로 내밀고 씹으면 해결된다.

② '자신과의 승부를 겨루는 씹기 운동' 훈련법

'21세기 즐거운 건강장수 만능 다이어트 운동법'을 성공하려면, 두 가지 씹기 훈련이 필요하다. 처음에는 부드러운 바나나, 방울

토마토, 건빵, 과자 등을 사용해서 입에 적게 넣고 양쪽으로 갈라서 천천히 30번 이상 씹기 연습과 반복 훈련을 한다. 두 번째는 오징어, 북어포 등을 가늘게 잘라서 40~50번 이상 천천히 오래 씹기 훈련을 한다. 출퇴근이나 운전, 여행 등을 할 때 '자신과의 승부를 겨루는 씹기 운동'을 연습하는 것도 좋은 방법이다. 건강 습관을 포함하여 삶의 성공과 행복을 결정하는 감사, 웃음, 칭찬, 절제 등 모든 좋은 습관은, 언제나 연습과 반복 훈련을 통해 길들이는 과정이 필요하다. 성공은 결코 노력을 배신하지 않는다.

3) 성공률을 획기적으로 높이는 두 가지 비책

① 매일 기록하고 평가하기

우리의 뇌는 항상 눈으로 직접 보는 것을 믿는다. 말과 생각만으로 실천하는 것보다, 직접 쓰는 것은 효과를 늘리는 최고의 비책이다. 목표와 실천계획 확인 점검표를 만들고 그 표에 매일 또는 정한 날에 자체 평가한 실천 점수에 따라 별표, 동그라미, 세모, 엑스 등을 기입하는 것이다. 이 작은 실천방식은 상상 이상의 놀라운 결과를 얻게 한다. 각종 연구에 따르면 꿈과 목표를 직접 쓰고 관리하는 3%가 나머지 97%보다 더 많은 것을 이룬다고 한다. 그리고 미국의 벤자민 프랭클린은, 수첩에 절제, 성실, 근면 등 총 13가지 종목을 작성한 후 매일 체크하는 방식으로, 좋은 습관과 인품 등을 발전시켜, 꿈과 목표를 이룬 일화로 유명하다.

② 상벌 조항 추가하기

만일 실천력과 성공률을 더욱 높이고 싶다면 상벌 규정을 추가하는 방법이 있다. 즉 일주, 한 달 등 정한 기간에 세모나 엑스로 평가되면, 각자 자신의 경제사정을 고려해서 정한, 일정액의 발전 벌금을 스스로 내는 것이다. 그 발전 벌금을 일정기간 모아서 50%는 자기계발을 위한 책이나 여행 등 자신을 위해 사용하고, 나머지는 이웃돕기나 감사 선물 등 보람 있는 일에 사용한다. 항상 꿈과 목표를 잊지 않게 하는 효과와 모든 일을 즐겁게 실천하게 만든다는 장점이 있다.

🔒 후기

4차, 5차 산업혁명과
21세기 대한민국의 기회

⟨1⟩ 대한민국의 3대 사랑축 분석과 준비

대한민국은 특별한 사랑축에 적용되어 왔다. 특히, 2000년 동안 부모와 자녀의 사랑축은 세계 어느 나라에도 앞선 수준이었다. 그리고 스승에 대한 존경심도 그에 뒤지지 않는 훌륭한 수준이었다. 대한민국의 교육열은 세계적으로도 인정받을 수준으로 높고, 부모와 어른 그리고 조상을 공경하는 동방예의지국의 정신이 있었다. 동방예의지국의 정신은 부모에 대한 사랑축과 스승에 대한 사랑축을 한껏 높이는 자랑스러운 대한민국에 문화요 정신이었다. 그래서 지금의 대한민국의 특별한 발전이 가능했을 것이다.

대한민국은 동물의 왕 호랑이가 그리고 식물의 왕 산삼이 자라는 나라이다. 그렇다는 이야기는 자연과 우주의 사랑의 기가 강력한 나라라는 뜻이다. 그런데 이곳에서 아직 인류를 감동시키는 영웅과 전설을 만들어 내지 못하고 있다. 그 이유는 세 번째 사랑축에 걸려 있기 때문이다. 칭찬과 감동의 습관과 봉사와 나눔이 부족했기 때문이다. 이제라도 국민들이 칭찬과 감동, 감사와 존중의 습관과 인품을 늘려 나간다면, 머지않아 세상을 빛내는, 21세기 글로벌 영웅과 전설들을 배출할 것이라고 생각한다. 4차, 5차 산업혁명의 위기와 기회의 시대를 맞이하여, 글로벌 영웅과 전설을 배출하는 것은, 개인으로나 국가적으로나 중대한 문제이다.

　그런데 안타까운 것은 불과 30년 사이에, 부모에 대한 사랑축이 가늘어지고 있고, 스승에 대한 사랑축마저 줄어들고 있다. 두 가지 사랑축은 물려받았지만, 후손에게 제대로 전해 주지 못하고 있다. 우선 동방예의지국의 정신을 21세기에 맞게 개선하고 발전시켜 나가야 한다. 고용의 위기 극복을 위해 글로벌 경쟁 시대에 필요한 글로벌 기업의 탄생도 중요하다. 국내 기업 간의 경쟁보다 협업과 상생 그리고 혁신을 통한 경쟁력을 키워 나가야 한다. 문화, 교육, 특산품, 습관, 과학, 멘토, 명상 등 각 분야에서 글로벌 경쟁에서 승리하는 길인 베스트와 온리 그룹

즉 명품을 추구하고 만들어 내야 한다. 국가는 5차 산업혁명의 각종 위기와 인류의 5대 악재를 극복하기 위한 연구와 대비책도 준비해야 한다. 그래야 개인이나 국가적인 어려움을 극복할 수 있을 것이며, 21세기 선두그룹으로 도약할 수 있는 계기가 될 것이다.

이제 21세기는 새로운 글로벌 영웅과 전설의 탄생을 기다리고 있다. 그들에 의해 21세기에 다가오는 수많은 어려움과 문제들을 해결해 나갈 수 있을 것이다. 아직 늦지 않았다. 이제부터 시작이다. 대한민국이 21세기 자랑스러운 대한민국, 매력적인 코리아로 발전하고 인류에 이바지할 수 있는 영웅과 전설을 배출하기 위해 모두가 '함께하는 우리'가 되어 노력한다면, 지금부터 새롭게 시작할 수 있다.

〈2〉 '21세기 명품 코리아'와 '함께하는 우리'

21세기는 글로벌 경쟁의 시대이다. 그러므로 베스트 원이나 온리 원 그룹이 되어야 영웅과 전설이 될 수 있는 시대이다. 필자는 21세기 4차, 5차 산업혁명, 위기와 기회의 시대, 개인과 가정, 그리고 국가와 인류를 위한 해법을 연구해 왔다. 앞으로 수많은 좋은 방법들이 개발되고 만들어질 것이다. 그렇지만 앞에

나와 우리를 바꾸는 습관의 시크릿

서 세 가지 사랑축에 대한 이야기와 영웅과 전설의 명품화 과정에 대한 해법을 제시해 보았다. 그리고 마지막으로 한 가지 더 필요한 것은 '함께하는 우리'라는 해결책을 제시해 보고자 한다.

개인으로서도 자신 안에 내재된 영웅적 자질을 깨워 분야별 영웅과 전설로 성장하고 발전해야 한다. 그리고 가정과 사회 그리고 국가는 자녀와 학생들을 21세기 영웅과 전설로 키울 수 있는 비전과 방법을 제시해야 한다. 그러려면 이제는 서로 협력하고 상생하는 '함께하는 우리'가 되어야 한다. 대한민국은 역사적으로 중요한 위치에 자리 잡고 있다. 미국, 중국, 일본, 러시아라는 4대 강국들에 둘러싸여 있는 실정이다. 그리고 그들에게 항상 플러스와 마이너스 영향을 받으며 살아왔다. 이제 21세기 위기와 경쟁의 4,5차 산업혁명의 큰 파도를 넘지 못해 마이너스로 더 깊이 추락해 버릴 것인가, 아니면 우리의 능력을 최대로 발휘하여 자랑스러운 민족으로 우뚝 설 것인가를 결정하는, 최후의 순간이 다가오고 있다.

그래서 그 세 가지 해법으로 첫째, 부모와 스승의 사랑축 회복, 둘째 개인과 국가 그리고 각 분야별 영웅과 전설 그리고 글로벌 기업과 명품 만들기, 셋째 마지막으로 '함께하는 우리'를 제시해 본다. 위로 우뚝 설 것인가, 아니면 영원히 아래에서 눈치만 보고 살아갈 것인가를 결정해야 하는 중대한 순간이다. 어떤 선택이든, 그 선택은 우리가 하는 것이고, 그 결과도 받아들여야 할 것이다. 하지만 이제 우리 조금만 함께 노력하고, 어떤 국가보다 앞서 '함께하는 우리'가 된다면, 누구나 바라고 꿈꾸는 '21세기 자랑스러운 대한민국'이 될 것으로 생각한다. 더 나아가 글로벌 위기를 극복하기 위해서는, 이웃 국가나 다른 나라와도 협력과 협조가 필요해질 것이다.

'함께하는 우리'가 되는 데는, 우선 개인적인 습관과 인품을 높이려는 노력과 각자의 가정에서 행복 가꾸기에 최선의 노력을 하고, 그리고 각자의 일터와 직업에서 성공 프로를 목표로 즐기며 최선을 다한다면, 쉽게 이루어질 수 있는 일이라 믿는다. 사회와 기업 그리고 국가는 잠시 모든 것을 내려놓고 상생하고 협력하는 '함께하는 우리'가 되어야 한다. 우리 모두 남녀노소, 동서남북, 상하좌우, 노사 갈등, 종교와 이념, 불평불만 등 모든 것을 잠시 100년 후 아니면, 최소한 2050년 이후로 미뤄야만 가능한 일이다. 이러한 중요한 일들을 끌어 나가고 준비할 수 있는 국가적인 부서의 신설도 필요하다. 그리고 신문, 방송, 인터넷 등의 사회적인 계몽과 역할도 중요하다. 이 21세기 마지막 기회에서, 자신과 가문을 넘어 사회와 국가의 생존과 번영을 위해, '함께하는 우리'를 선택하기를 간절히 바란다.

대한민국은 역동성이 있는 민족이다. 그리고 함께하기만 하면

나와 우리를 바꾸는 습관의 시크릿

그 누구도 앞설 수 있는 위대한 민족성을 가지고 있다. 그리고 위기 상황이 되면 항상 그것을 구해 낼 수 있는, 민족으로부터 뭉치는 힘과 작은 영웅과 전설들이 탄생해 왔다. 동물의 왕 호랑이, 식물의 왕 산삼이 존재하는 이곳에 이제는 글로벌 영웅과 전설 그리고 명품과 명품 인간이 나타날 때가 되었다. 21세기 4차의 파도를 넘고, 5차, 6차의 쓰나미 급의 거대한 파도를 넘어 '22세기 생존과 번영의 항구'에 무사히 도착하게 될 것이다.

우리 모두가 '함께하는 우리'가 된다면 '21세기 영웅과 전설의 탄생과 더불어 21세기 명품 코리아'가 탄생될 것으로 확신한다. 그 길이 21세기 건강과 행복의 안전선인 20%를 우리 모두가 함께 통과하여, 성공의 최상위 5%에 이르는 글로벌 기회를 잡는 위대한 민족으로 거듭나기 바란다. 이 모든 꿈들이 이루어지기 위해, '함께하는 우리'가 되기를 매일 기도한다.

〈3〉 '덕분애(치아모)의 3대 운동'과 '오계절 엘핀 수련원'

동방예의지국의 정신을 후손에게 이어 주기 위한 '덕분애(치아모)'라는 이웃돕기 단체를 만들었다. 그리고 매년 2회씩 31회(2018년 5월) 이웃돕기 정기 행사를 진행해 오고 있다. 잃어버리면 안 되는 사랑과 감사의 사랑축을 지켜 보려는 노력이었다. 또한 봉사와 나눔의 즐거운 실천은 21세기 위기와 기회의 4차, 5차 산업혁명 시대에 건강과 행복의 위기와 절벽 시대를 극복하고 '함께 하는 우리'를 만드는 데 가장 필수적인 덕목이 될 것이다.

둘째는 영웅과 전설을 배출하는 데 가장 필요한 좋은 습관과 긍정의 힘을 길러야 한다. 그러려면 우선, 각 개인이 좋은 습관과 긍정의 힘을 기르도록 노력하고, 사회와 국가가 '새 마음 운동'으로 이를 확산시켜 나가야 할 것이다. 그래서 '덕분애(치아모)'에서는 '새 마음 운동'(감사, 웃음, 칭찬, 인사, 친절 운동)을 벌이고 있다. 감동의 능력을 키우기 위해 이웃돕기 행사는 성악, 연주, 시낭송, 강연 등으로 진행되고 있다. 이는 부모와 조상 그리고 스승의 사랑축인 동방예의지국의 정신을 후손에 이어 주며, 감사와 존중, 칭찬과 감동, 즐거운 봉사와 나눔이라는 21세기 영웅과 전설의 탄생 조건을 만들고 있는 것이다.

셋째는, 각 분야별 영웅과 전설을 시상함으로써, 청소년들에게 보고 배울 모델 즉 각 분야별 영웅과 전설을 만들어 주어야 한다. 지금처럼 마치 결격사유가 전혀 없거나 신이기를 바라는, 모든 면에서 완벽한 영웅과 전설을 목표로 하는 것은 2100년 이후로 미루자. 일단 영웅과 전설이 분야별로 무수히 탄생해야 한다. 그래야 그중에서 지금 우리가 바라고 있는 무결점의 영웅과 전설이 드디어 탄생할 날도 있을 것이다. 그런데 처음부터 너무 목표를 높게 정하다 보니, 작은 영웅과 전설도 만들어 내지 못하고 있다. 작은 별들이 무수히 터지다 보면, 그중에서 큰 왕별도 탄생할 수 있을 것이다. 그래서 '덕분애'에서는 앞으로 이러한 분야별 영웅과 전설을 찾아서 시상하는 오계절 상을 만들려고 계획하고 있다. 이것이 4차, 5차 산업혁명으로 이어지는 국가적으로도 위기를 벗어나게 하고, '21세기 자랑스러운 대한민국'을 만들 기회를 가질 수 있을 것이다. 그리고 인류에게 이바지할 수 있는 '매력적인 코리아'를 만드는 지름길이라 생각한다.

그래서 이러한 일을 할 수 있게 청소년들을 교육하여 21세기 건강과 행복 그리고 성공의 길을 알려 주는 '21 마법의 삶과 기적의 치유' 시리즈 Ⅱ(상, 하)출간에 이어 Ⅰ, Ⅲ권 출간(2020년)과 '오계절 엘핀 청소년 수련원'을 만들고자 한다. 2100년 이후의 건강과 행복의 안전선인, 상위 20%를 '함께하는 우리'가 되어, 가장 많이 통과하는 '생존과 번영의 대한민국이 될 수 있기를 바란다. 그리고 누구나 꿈꾸고 바라는 상위 5% 성공 가능성의 문도 돌파할 수 있기를 꿈꾼다. 더 나아가 백 년 후 건강의 행복의 위기와 절벽 시대의 대비책으로, 인류를 위한 '21세기 힐링과 명상의 메카'로 발전시켜 보겠다는 꿈을 꾸고 있다.

21세기 위기와 기회의 시대는 개인이나 국가의 생존과 번영게임이며, 그 백 년 동안 진행되는 게임이자 소리 없는 전쟁은 이미 시작되었다. 그리고 그 백 년 마라톤 게임의 빈환점인 2050년 경이 지나면, 누구에게나 각종 위기와 기회가 피부에 와닿기 시작할 것이다. 게임의 중반시기까지 선두그룹에 포함되거나 최소 2위 그룹 안에 들어야 최종 결승전을 우수하게 통과할 수 있을 것이다. 개인이나 국가가 지금부터 준비한다면 그리 어렵지 않게 선두 그룹에 포함될 것이다. 하지만 모두가 느끼는 중반이 지나면 수십 배 경쟁이 심해져서 생존과 번영게임의 안전선 통과가 어려워 질 것이다.

그 옛날부터 우리의 선조들이 피와 땀과 눈물로 우리의 조국, 아름다운 대한민국을 지키고 가꾸어 우리에게 물려주셨듯이, 50년, 100년 후의 소중한 후손들을 위해 무언가 가꾸고 남겨 주어야 할 시기가 왔다. 이 동화 속 돈키호테의 꿈들이, 이 책을 읽고 동조하는 사람들이 많아진다면, 아직도 그 꿈들이 이루어질 가능성이 존재한다고 믿고 싶다.

[감사 카드 I] No____ Ⓜ

[감사 카드 수신자] :

[수신 대상] ; 나 자신, 가족, 직업, 이웃, 스승, 나라, 세상, 조상, 자연, 우주, 신 등 내 삶과 관련된 소중하고 귀한 인연에게,

'과거와 현재 그리고 미래의 모든 것에 대한 감사'

🌿 "Good Luck, Happy Family" 🌿

작성 날짜 ;   년   월   일

감사 천사 성명과 싸인 ;

[내 마음의 감사 편지 I] Ⓜ   "God Bless You!"

"상대를 무시하면 세상으로부터 불평등한 푸대접을 받게 되고, 내가 대접받기 바라는 대로 대접하면 성공과 행복이 다가오게 될 것이다. 만일 나보다 상대를 귀하게 섬긴다면, 세상은 나를 영웅과 전설로 만들어 줄 것이다."

[감사 카드 II] No____ Ⓜ

[카드 발급 사건, 상황] ;

[수신 대상] ; 내 삶과 주변의 좋은 일과 사건, 상황, 특별한 선물(성공, 합격, 결혼, 진급, 기념, 교훈, 칭찬, 시상, 승리, 책, 여행, 추억...)에 감사하는 축하 카드,

'진정한 감사와 축하하는 사랑의 가장 고귀한 표현'

🌿 "Everything Is Good Present," 🌿

작성 날짜 ;   년   월   일

감사 천사 성명과 싸인 ;

[내 마음의 감사 편지 II] Ⓜ   "God Bless You!"

"좋은 것을 축하하고 감사하면 그 성공과 축복을 계속 유지하는 것이요, 평범한 모든 것에 감사하는 능력은 성공과 행복을 끌어당긴다. 실제, 역경 등에도 '그럼에도 불구하고 감사' 할 줄 알면 바라는 모든 꿈을 이루게 된다."

[VIP 감사 카드] No____ Ⓜ

[VIP 카드 수신자, 사진] ;

[수신 대상] ; 내 일생 가장 사랑하고 감사하는 만남과 사건, 최고의 선물(감사 카드 I · II중에 특별한 감동, 보람, 멘토, 깨달음...)에 진심으로 감사드리는 축복 카드,

'덕분에 감사합니다. 이루어주셔서 감사합니다.'

🌿 "Thank You, All Is Well." 🌿

특별 감사 날짜 ;   년   월   일

감사 천사 성명과 싸인 ;

[VIP 감사 편지] Ⓜ   "God Bless You!"

"모든 기적과 마법 같은 삶 뒤에는 항상 사랑과 감사가 들어 있다. 자신과 이웃을 사랑하고 매사에 감사하는 것은 모든 좋은 일들을 끌어당기는 원천 에너지이다. 사랑의 기쁨은 언제나 감사로 시작해서 용서로 완성된다."

"Yes, I Can. I Can Do It."

용서 카드 1   No ____

[내 마음 감옥 ; 미움, 원망, 배신 등 용서 못한 사람, 일]

수감자 성명 (사진) : ____

수감 기간 :   ~

석방 사유 :
  위 수감자(나 자신과 주변, 사건)의 용서를 판결함.
  "Good Luck, Happy Family"

확정 판결 날짜 :   년   월   일
용서 천사 성명과 싸인 :

- '용서의 선택, 삶과 영혼의 심판' -

우리는 상대와의 화해하고는 전혀 상관없이,
그를 용서해 주어야 한다.
내 마음 감옥 속의 죄수는
그의 가면을 쓴 내자신의 분신들이기 때문이다.
자신이 한일에 대한 평가는 훗날 영혼의 심판으로만
받는 것이 아니라, 살아가는 동안 내 삶의
건강과 행복 그리고 성공으로 평가받는다.

용서 카드 2   No ____

[내 마음 감옥 ; 한번으로 진정 용서하기 어려운 사람, 일]

재 수감자 성명 (사진) : ____

형량(장기수/ 수감 기간) :   ~

재 석방 사유 :
  위 재 수감자를 감형과 특별 사면으로 석방 판결함.
  "Yes, I Can. I Can Do It."

최종 확정 날짜 :   년   월   일
용서 천사 성명과 싸인 :

- '용서 천사의 자격' -

먼 훗날 자신의 영혼이 용서받기를 원한다면,
용서하지 못한 사람과 일들이
언젠가 자신이 건너야할 용서의 다리를 태워버린
후회스러운 일이 되어서는 안 된다.

용서의 다리는 내가 용서하고 이해한
그 일들이 쌓여서
만들어지는 것이기 때문이다.

VIP 용서 카드   No ____

[내 마음 감옥 ; 평생 용서 못할 비우기 어려운 사람, 일]

수감자 성명 (사진) : ____

형량(무기수/ 수감 기간) :   ~

특별 석방 사유 :
  위 무기수의 특별 사면을 최종적으로 확정 판결함.
  "God Bless You"

최종 확정 날짜 :   년   월   일
용서 천사 성명과 싸인 :

"용서는 사랑이요, 사랑은 용서로서 이루어진다." -

'슈퍼 골드 카드'

당신은 인생에서 가장 극복하기
어려운 천적인, 나 자신과의 최고의 승부에서
위대한 승리를 거둔 것입니다.

'VIP 용서 카드'는 앞으로
내 삶의 모든 역경들을 이겨내는
'슈퍼 카드'가 될 것입니다.

"나는 할 수 있고, 될 수 있고, 이룰 수 있다."